SIBYLLE
GRIMBERT

der letzte seiner art

ROMAN

Aus dem Französischen
von Sabine Schwenk

EISELE

Besuchen Sie uns im Internet:
www.eisele-verlag.de

Die Originalausgabe erschien 2022 unter dem Titel
Le dernier des siens bei den Éditions Anne Carrière, Paris.

MIX Papier FSC® C083411

Taschenbuchausgabe
1. Auflage Juni 2024

Gesetzt aus der URW Baskerville
Gestaltung und Satz: Red Cape Production, Berlin
Druck und Bindearbeiten: CPI book GmbH, Leck
ISBN 978-3-96161-200-0

FÜR BÉATRICE, MICHEL,
DAVID, FLORENT

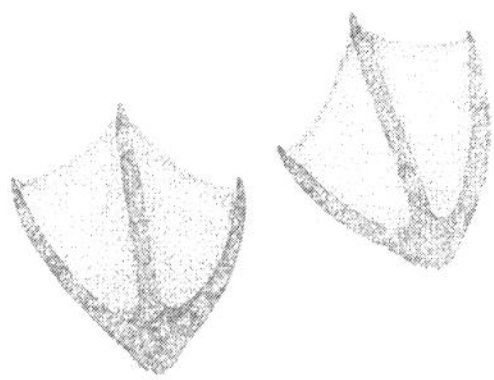

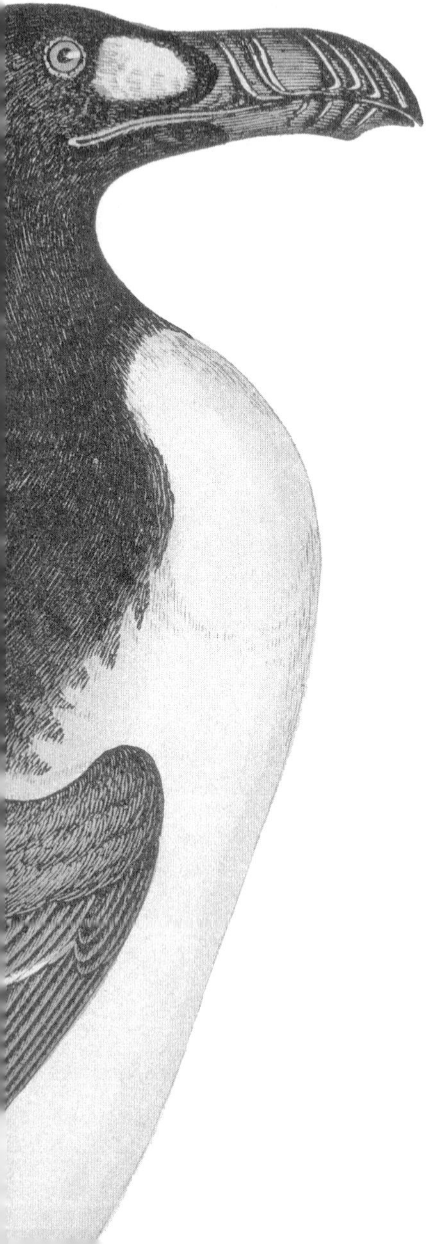

I

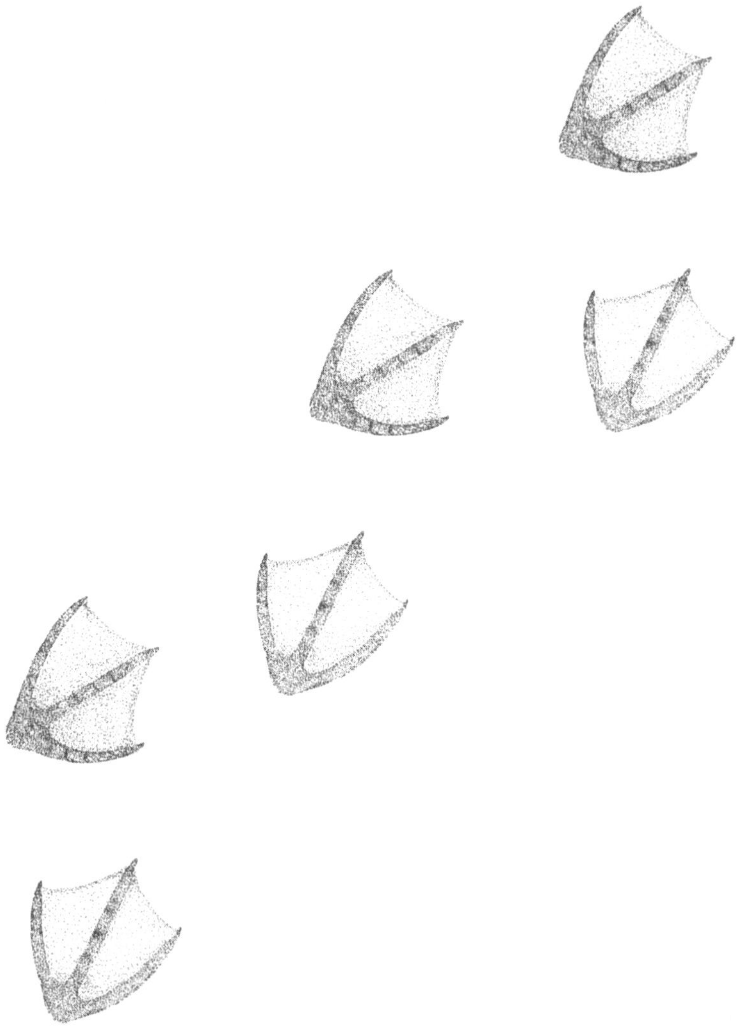

NUR DIE BÄUCHE hoben sich aus der Ferne wie weiße Flecken von der Felswand ab, darüber die glänzenden Schnäbel, krumm wie Raubvogelschnäbel, aber deutlich länger. Mit schaukelndem Gang tappten sie voran; sie schienen sich Zeit zu lassen, schienen vor jedem Schritt die Stabilität zu prüfen und den Körper mit einer Beckendrehung neu auszurichten. Auch die Männer kamen nur mühsam voran, suchten Halt auf dem klumpigen, aufgeweichten Boden der kleinen Insel, die Arme und Beine gespreizt, mit dem Rücken fast parallel zum Strand, wie überdimensionierte Krabben aufgereiht vor diesen Riesenalken, die dennoch bedächtigen Schrittes – was angesichts der Situation völlig unangebracht war – dem Ufer zustrebten.

Das Wetter war schön auf Eldey, diesem schroffen Felsen, von wo die Küste Islands noch gut zu erkennen war, jedenfalls besser als an gewöhnlichen

Tagen, an denen die Wellen so hoch schlugen, dass auch ohne Regen immer etwas Feuchtes, Kaltes in der Luft lag und die Sicht trübte. An diesem Tag war der Himmel durch und durch grau. In seinem homogenen Licht war deutlich zu erkennen, wie sich am Meeresufer die Umrisse der Menschen und Tiere aufeinander zubewegten und wie sich die Männer - plötzlich sehr schnell - auf die Vögel stürzten, sie mit Knüppeln totschlugen oder unter ihren Körpern begruben und den noch zappelnden Tieren die Hälse umdrehten. Als sich die Mörder wieder aufrichteten, in ihren Fäusten die Köpfe der baumelnden Riesenalken, warfen sie die Tiere auf einen Haufen, wo die weißen Flecken zwischen Schnabel und Augen wie Schmetterlinge aussahen, die auf einem Aashaufen gelandet waren.

Die Szene dauerte nicht lange, ein paar Minuten vielleicht. Wie immer, wenn etwas Ungewöhnliches geschieht, kreisten die anderen Vögel, die noch fliegen konnten, deren Flügel nicht im Laufe friedlicher, glücklicher Jahrhunderte verkümmert waren, über dem Felsen und schrien. Während der Boden das Blut aufsog – von Weitem war jedenfalls nicht ein einziger roter Fleck zu sehen –, hinterließen die von den Männern achtlos zertrampelten Eier ihre glänzenden, glitschigen Spuren auf dem schwarzen Vulkangestein. Die meisten sammelten die Männer allerdings ein und legten sie vor die aufgetürmten Leichen derer, die ihre Eltern waren oder gewesen wären.

Je länger man die Szene an Bord des Fischerbootes oder der auf halber Strecke wartenden Schaluppe verfolgte, desto abstrakter wurde das Geschehen: Punkte unterschiedlicher Größe, die sich hinter dem durchsichtigen grauen Vorhang des Lichts auf geometrischen, monotonen Linien bewegten. Darüber vergaß man, dass es Lebewesen waren, Männer und Riesenalken. Die anfangs so fesselnde Szene wurde ein wenig langweilig. Doch dann brachte der Blick aufs Detail die Dinge wieder auf den Punkt, ein Bein, ein Schnabel, ein Vogel, übers Ufer geschleift wie ein totes Kind. Die Erinnerung an die Gesichter der Männer kehrte zurück, und einen Moment lang pochte der Puls dieser nie berührten, nie gespürten Tiere in der Brust und bis in die Hände der Seeleute hinein, die sich auf der Schaluppe und dem Fischerboot an der Reling festhielten.

Plötzlich war alles wieder still. Sogar die Männer auf der Felseninsel verstummten. Die Störung dessen, was wie eine kurze Ruhepause nach getaner Arbeit schien, kam von links: ein Felssturz, bei dem ein Stück aus der Steilwand brach. Dann ein unterdrückter Schrei. Ein Matrose ging auf die Felsen zu, nahm einen Stein, beugte sich nach vorn und wich so abrupt zurück, dass ihm der

Stein aus der Hand fiel. Ein Schnabel hatte nach ihm geschnappt. Der Mann hob den Stein wieder auf, riss ihn in die Höhe und schleuderte ihn auf den Vogel. Ein dumpfes Geräusch folgte. Später auf dem Fischerboot würde er erzählen, dass ihn der Riesenalk, anstatt zu fliehen, regungslos angestarrt hatte, den krummen Schnabel über das Ei geschoben, das er ausbrütete. Der Mann bückte sich dann noch einmal und nahm den toten Vogel und das heil gebliebene Ei, das der Riesenalk mit seinem Körper geschützt hatte.

Nun gab es auf der Insel kein einziges lebendes Tier mehr. Wobei es natürlich nur eine kleine Kolonie von allenfalls dreißig Riesenalken gewesen war. Einige der Matrosen, die sie im Vorjahr schon gesehen hatten, sagten, seitdem seien es noch weniger geworden. Mit den toten Tieren beladen gingen die Männer wieder an Bord der Schaluppe. Man hörte sie singen. Sie wussten, dass an diesem Abend eine üppige Mahlzeit auf sie wartete, das zarte Alkenfleisch und die Proteine eines riesigen Omeletts, das sie hinunterschlingen würden.

Als die Schaluppe, von der aus Auguste das Geschehen beobachtet hatte, wieder zum Fischerboot fuhr, bemerkte er im Meer ein schwarzes Etwas, das an ihnen vorbeitrieb. Es erinnerte ihn an den Putzlappen, mit dem Mrs Bridge den

Boden wischte. Er beugte sich vor, bekam den Riesenalk zu packen und spürte die Nervosität des Tiers, seine Kraft, selbst in diesem schwachen Moment – denn er war geschwächt, sonst hätte er sich nicht so treiben lassen. Als Gus den Vogel, dessen linker Flügelstummel gebrochen war und schlaff herabhing, ins Boot zog, gab das Tier einen Schrei von sich, riss dabei den gesunden Flügel hoch und versuchte, Gus zu beißen. Sein Körper, der Gus fast bis zur Taille reichte und ihm sofort aus den Händen glitt, war so fest wie ein Muskel. Doch wie alle Vertreter seiner Art war auch dieser Riesenalk außerhalb des Wassers unbeholfen und plump. Jemand warf ein herumliegendes Netz über ihn, mit dem er vergebens kämpfte, sich darin verhedderte und dabei in regelmäßigen Abständen einen krächzenden Schrei ausstieß, der an den einer Hexe erinnerte, wie einer der Matrosen bemerkte.

Auf dem Fischerboot sperrte man den Vogel in einen Käfig. Er hörte sofort auf zu schreien; als man ihm einen Fisch brachte, weigerte er sich, ihn anzunehmen. Hinter den Gitterstäben blickte er Gus so wütend, ja hasserfüllt an, dass Gus die Hand zitterte, als er ihm einen weiteren Fisch vor die Füße legte. Bis zu diesem Moment hatte er bei dem Tier keinerlei Mimik feststellen können. Er fragte sich, ob er dem Naturforscher, für den er arbeitete, sagen würde, dass der Blick eines

Riesenalks anklagend sein konnte. Offen gestanden hätte Auguste niemals damit gerechnet, dass er die Chance haben würde, einen dieser Alkenvögel zu fangen. Er hatte eher damit gerechnet, dass er einen toten Vogel nach Lille schicken und man ihn dort ausstopfen würde. Dies war ja auch der Grund, warum er an Bord des Fischerboots gegangen war: weil die Route dieser Seeleute an Eldey vorbeiführte, wo im Sommer die letzte in der Region bekannte Kolonie nistete. Aber er hätte niemals gedacht, dass er mit einem lebendigen Tier an Land gehen würde oder zumindest mit einem Tier, das er gewiss noch umfassend untersuchen und beobachten konnte, ehe es in Gefangenschaft an Schwermut verenden würde – womit ja zu rechnen war.

Später schlief der Vogel oder gab vor zu schlafen. Gus beobachtete ihn durch die Gitterstäbe aus der Nähe und dachte darüber nach, dass er zwar vom Gefieder dieses Tiers immer gewusst hatte, seine Daunen ihn nun jedoch überraschten. Er hatte ihn bisher als ein eher öliges, der Robbe verwandtes Tier wahrgenommen. Als er beim Abendessen ein Stück Riesenalkfleisch aß, kam ihm dann auch der Gedanke, dass Robbenfleisch vermutlich ähnlich schmeckte wie das, woran er gerade herumkaute. Es war ein widerlich fettes Fleisch; er nahm nicht nach.

Die Rückreise zu den Orkney-Inseln dauerte fast zwei Tage. In dieser Zeit wandte sich der Riesenalk ununterbrochen zur Schiffsreling, sodass weder Gus, der sich dafür interessierte, noch die Matrosen, denen es gleichgültig war, mehr von ihm sahen als den Rücken, den eingezogenen Nacken, der das Trugbild erzeugte, dass er keinen Kopf besaß, und den reglosen Schwanz. Niemand fragte sich, ob der Käfig zu eng war, mit Ausnahme eines Matrosen, der sogar vorschlug, ihm eine Leine ums Bein zu binden und ihn im Meer schwimmen zu lassen, was Gus aber nicht wollte, weil er fürchtete, er könnte ausreißen. Zum Glück wurde das Tier durch den Regen, die Gischt und die Feuchtigkeit des kalten Meers immer wieder durchnässt.

In Stromness, der wichtigsten Stadt der Orkney-Inseln, wo sich Gus vor sechs Monaten, im Januar 1834, einquartiert hatte, um die Fauna zu erforschen, fand er einen etwas größeren Käfig, sperrte den Riesenalk darin ein und stellte ihn in eins der Zimmer des Hauses, das er gemietet hatte. Mrs Bridge, die für ihn kochte und putzte, war schockiert über die Anwesenheit eines Tiers, das sie in den Innenräumen eines Hauses als beängstigend, ekelerregend und anstößig empfand. Gus musste ihr versprechen, dass er niemals von ihr verlangen werde, sich in seine Nähe zu begeben.

Nach zwei Tagen stellte er den Käfig in ein ausreichend großes Zimmer im Erdgeschoss und beschloss, von nun an dort außerhalb der Reichweite ihrer Putzlappen zu arbeiten. Er untersagte der alten Frau den Zutritt.

Tag für Tag kippte er kannenweise Wasser über den Käfig. Der Vogel breitete dann minutenlang seine Flügel aus, reckte den Hals und fuhr sich mit dem Schnabel über Rücken und Bauch. Es waren die einzigen Momente, in denen er sich bewegte, außer natürlich, um die Fische zu vertilgen, die Gus vor ihm auf den Boden legte. Dann wich der Riesenalk mit einem kleinen, etwas trägen Sprung zurück, senkte den Schnabel zwischen seine mit Schwimmhäuten versehenen Füße und schnappte nach den Fischen. Die restliche Zeit blieb er unbeweglich, den Schnabel an die Brust gedrückt, der Körper zusammengesunken und fest in den Füßen verankert. Manchmal, wenn Gus ihn im Profil sah, merkte er, dass ihn ein dunkelbraunes, nahezu schwarzes Auge mit unverhohlener Feindseligkeit fixierte. Gus hatte fast ein bisschen Angst vor ihm. Mrs Bridge hatte recht, dachte er, dieses Tier war gefährlich, und der Matrose hatte es ja gesagt: Mit seinem krummen Schnabel und dem krächzenden Schrei hatte es etwas von einer Hexe.

Der Schnabel war wirklich beeindruckend, er war Gus schon auf der einzigen Abbildung eines

Riesenalks aufgefallen, die er bisher gesehen hatte – in einem Band des Naturforschers Buffon. Jene Radierung war nur nach Beschreibungen angefertigt worden, und nun würde Gus der Erste sein, der ihn nach der Natur zeichnete … Bei dem Gedanken wurde ihm ganz heiß, und sein Herz begann zu klopfen. Aus der Nähe betrachtet war dieser Schnabel noch seltsamer als alles, was er sich vorgestellt hatte. Er hatte zum Beispiel nicht die geringste Ähnlichkeit mit einem Papageienschnabel. Er war länger und ähnelte – aus zeichnerischer Sicht – eher einer an Stelle der Nase eingesetzten Krebszange. Natürlich war er schwarz und glänzte, aber er war eben auch von deutlich sichtbaren Rillen durchzogen, die weder schön noch hässlich waren und nicht minder beeindruckend als die Gesichtsmalereien der Wilden in Afrika oder Australien.

Er musste der Realität ins Auge blicken: In seinem Käfig siechte und welkte der Riesenalk dahin. Nach nur drei Tagen hing ein fauliger Geruch im ganzen Zimmer. Wenn Mrs Bridge an der Tür des Arbeitszimmers vorbeikam, um im oberen Stockwerk sauberzumachen, verzog sich ihr strenges, altes Frauengesicht zu etwas Spitzem, Zerknittertem, als wollte sie ihren Mund und alle sonstigen Öffnungen bestmöglich verschließen. Seit zwei

Tagen trug sie im Übrigen ein gehäkeltes Häubchen, das ihre Ohren bedeckte, um auch sie vor den üblen Ausdünstungen zu schützen. Weil sie es zudem vermied, Gus anzusehen, hatte er schließlich das Gefühl, dass er derjenige war, der schlecht roch. Vielleicht hatte sich der Gestank nach verdorbenem Fisch, der sich mit den Gerüchen dicker Staubschichten vermischte, ja auf ihn übertragen, weil er sich die ganze Zeit mit dem Vogel im Arbeitszimmer einschloss.

Er musste schnell sein, so schnell, dass er sich bisher nicht einmal eine Minute Zeit genommen hatte, um Garnier, dem Naturforscher des Naturkundemuseums in Lille, für den er arbeitete, einen Brief zu schreiben und ihn über den sensationellen Fang dieses seltenen Vogels in Kenntnis zu setzen. Bevor der Riesenalk verendete, musste er ihn unbedingt aus allen nur denkbaren Blickwinkeln zeichnen. Das erforderte angesichts des regungslos in seinem Käfig hockenden Tiers natürlich einige Fantasie. Glücklicherweise hatte der Vogel wenigstens in den ersten Tagen eine natürliche Haltung eingenommen, wenn Gus ihm eimerweise Wasser über den Kopf goss. Doch inzwischen war da nichts mehr zu machen, er rührte sich nicht mehr, sondern kauerte sich sogar zusammen, wenn Gus ihn unter Wasser setzte. Denn genau das tat er: Um die Momente zu reproduzieren, in denen sich der Riesenalk ganz wie seine Artgenossen benahm, setzte Gus ihn buchstäblich unter Wasser. Kaum war ein Krug leer, holte er den nächsten, dann den Eimer. Er wusste selbst, wie dumm das war, aber wer hatte bis zum heutigen Tag schon einmal diesen Vogel gezeichnet, wie er sich mit verdrehtem Kopf den Rücken putzte?

Gus war ein guter Matrose und ein abenteuerlustiger Mann. Dass er nun als Erster so ausführlich einen lebenden Riesenalk beobachten durfte, machte ihn nicht nur zu einem einzigartigen Reisenden, sondern möglicherweise für das Naturkundemuseum auch zu einem wertvollen Assistenten (womit seine künftigen Reisen finanziert wären). Seine zoologischen Kenntnisse hielten sich im Rahmen – er hatte eigentlich Pharmazie studiert –, sie reichten aber, um zu wissen, dass dieser Vogel, der manchmal mit dem afrikanischen Pinguin in Verbindung gebracht wurde, obwohl er zu einer anderen Spezies gehörte und im Übrigen ja auch im Nordatlantik lebte, ein legendäres Tier geworden war, seit er an den Küsten Amerikas, wo einmal Hunderttausende Artgenossen gelebt hatten, verschwunden war.

Unterdessen schien dieses Exemplar eines Alkenvogels vor seinen Augen regelrecht zu verrotten, und das war eine Katastrophe. Er fluste und fusselte, alles an ihm war aus dem Lot geraten.

Er verkörperte immer weniger das, was von einem Riesenalk erwartet wurde: glatt und glänzend wie der Stoff eines Zylinderhuts hatte er zu sein, und vor allem eine stattliche, würdevolle Erscheinung. Stattdessen flogen seine Federn büschelweise durchs Zimmer, und sein Körper ähnelte inzwischen einer Weltkarte, auf der von zerzausten Daunen bedeckte Kontinente an ozeanische Flächen aus glänzenden Federn grenzten, in einem Chaos ohne jede Logik, das ganz dem terrestrischen Chaos entsprach. Zwei Tage brauchte Gus, bis er begriff, dass sein Riesenalk in der Mauser war. Er hatte wirklich kein Glück. Der Vogel versauerte in seinem Käfig, ohne sich jemals in irgendeiner hübschen Pose zu zeigen, sei es bei der Gefiederpflege, sei es beim freudigen Hinunterschlucken eines zugeworfenen Fischs. Um genau zu sein, war er nur noch ein unförmiges Etwas, die Andeutung eines Vogels, womit kein Zeichner auch nur irgendetwas anzufangen vermochte.

Am vierten Tag weigerte sich der Riesenalk zu fressen.

Dieses Tier ist verstockt, dachte Gus, ihm fehlt es an Intelligenz und Weitsicht, dieses Tier ist dumm, ja, es stirbt lieber, als in einem Käfig weiterzuleben. Gus nahm ihm das übel. Würde ein Mensch denn aufhören zu essen, bloß weil er im Gefängnis saß? Nein. Wenn die Umstände widrig wurden, hatte der Riesenalk eben keine Widerstandskraft, er war defätistisch. Wenn er den Kopf in den Brustfedern vergrub, sah er fast aus wie ein Stück Holz, wie der kultische Gegenstand eines Druiden oder ein zu klein geratener Stein aus Stonehenge.

Jedes Mal, wenn Gus ihn morgens wiedersah, war er verblüfft über seine Größe, bis er sich wieder daran gewöhnt hatte. Er beobachtete ihn, doch erforschen ließ sich dieser Riesenalk nun nicht mehr. Wenn er sich gar nicht bewegte, würde Gus nie erfahren, wie er seine Füße oder Flossen, oder was es nun war, auf dem Boden aufsetzte, wie sich sein Hals beim Gehen verhielt; auch seinen Schrei könnte er nicht korrekt beschreiben. Er würde sich alles ausdenken müssen. Da hatte er nun ein Tier vor der Nase, an das so nah noch nie jemand herangekommen war, und würde, so wie es aussah, seine Beobachtungen manipulieren müssen. Garnier musste er trotzdem schreiben, ihn in Kenntnis setzen, ihn fragen, was er mit dem Vogelbalg tun sollte. Und er musste ihm schreiben, bevor der Vogel starb, sonst würde Garnier ihm womöglich nicht glauben oder ihm gar verübeln, dass er ihn nicht früher benachrichtigt hatte. Garnier könnte ihm sogar vorwerfen, sich nicht anständig um seinen Fund gekümmert zu haben. Gus musste ihm also gleich heute schreiben und den erbärmlichen Zustand des Riesenalks verschweigen oder zumindest nuanciert darstellen, ohne allzu großen Optimismus zu wecken.

Er öffnete den Käfig. Der Riesenalk würde in diesem elenden Zustand nicht fliehen. Dann setzte er sich wieder an den Schreibtisch, um ihn in Ruhe zu lassen. Tatsächlich geschah nichts. Das Tier blieb in seinem Gefängnis. Gus ging wieder zu ihm, näherte seinen Zeigefinger einem der Flügel und schob ihn zwischen die kranken Federn, wie man etwas Fremdes, Unheimliches berührt: indem er ihn schnell wieder zurückzog. Aber er hatte die feine, spröde, knochige Struktur des Flügels gespürt. Jetzt erst fiel ihm wieder ein, dass der Vogel auf Eldey am Flügel verletzt worden war. Offenbar hatte er keine Schmerzen, denn er hatte sich nicht bewegt.

Gus begann, Geräusche zu machen, mit denen man Tauben anlockt. Der Riesenalk rührte sich nicht, den Kopf weiter in den Brustfedern vergraben. Leer, dachte Gus – ein leeres, lethargisches Wesen. Er war es leid, ihn zu betrachten, und kehrte an seinen Schreibtisch zurück.

Er schrieb gerade den Brief an Garnier, da ließ ihn ein Geräusch aufblicken. Gut zehn Zentimeter außerhalb des Käfigs war der Riesenalk umgekippt. Panisch zappelnd lag er auf den Tomette-Fliesen wie jemand, der schwimmt, ohne vom

Fleck zu kommen. Gus stürzte hin; kaum war sein Fuß in Reichweite des Tiers, reckte es den Hals und versuchte, ihn oberhalb der Achillessehne in den Knöchel zu beißen. Mit leisen, beruhigenden Worten wich Gus zurück. »Ruhig, ganz ruhig.« Er hatte das Gefühl, mit einem Welpen zu sprechen. Das Tier gab krächzende, schrille Laute von sich, die sehr unangenehm waren. Mrs Bridge würde bestimmt in Panik geraten. Der Vogel wand sich auf dem Boden, rutschte von rechts nach links, ohne einen Millimeter voranzukommen. Hin und wieder geriet dabei sein verletzter Flügel unter den Körper, dann wurden die Schreie noch lauter, die Füße zappelten, und eine Kralle kratzte über den Boden.

Irgendwann kam Gus auf die Idee, das Tier von hinten zu packen und auf diese Weise ruhigzustellen, was nicht dumm war. Als er es tat, erschrak der Vogel so sehr, dass er verstummte und sich nicht mehr rührte, fast willenlos in Gus' Händen, die ihn fest umklammerten. Wahrscheinlich rechnete er mit seinem Tod und hatte sich mit dem unbegreiflichen Schicksal abgefunden, das ihn aus seiner Wasserwelt gerissen und blind für Gefahren gemacht hatte, die tödlich enden konnten. Gus spürte das unter dem nachwachsenden Federflaum pochende Herz, spürte die Haut, deren samtige Textur ihn überraschte, so weich und so glatt wie Ziegenlederhandschuhe, aber vibrierend und bebend wie eine Lokomotive in voller Fahrt. »Ganz ruhig«, wiederholte er. Und dann stellte er den Riesenalk auf seine Füße; er schwankte. Die wenigen Tage in Gefangenschaft, dachte Gus, hatten seine Muskeln geschwächt. Er trug ihn wieder in seinen Käfig, brachte ihm Fische und ließ die Gefängnistür offen.

Auf den Brief konnte er sich jetzt nicht mehr konzentrieren. Wieder am Schreibtisch hörte er nicht auf, den Vogel zu beobachten. Er konnte nicht anders. Er versuchte, einen Satz zu schreiben, doch bevor er so weit war, einen Schlusspunkt zu setzen, betrachtete er schon wieder das Tier, und so kam es zu keinem Schlusspunkt, ja nicht einmal einem Gedankengang, der ihm hätte vorausgehen müssen. Er hörte Mrs Bridge im Haus rumoren, Türen knallen, Möbel verrücken, Teppiche ausschütteln, um ihrer Entrüstung darüber Ausdruck zu verleihen, dass sie gezwungen wurde, dieselbe Luft zu atmen wie dieses wilde Tier, das obendrein laut war. Sie hatte Angst, der Riesenalk hatte Angst, nur Gus blieb gelassen.

Er hatte seinen Brief beiseitegelegt; die Zeit verging, doch er merkte es nicht. Der Vogel streckte den Hals, rieb mit dem Schnabel über den Boden. Er schluckte, erstarrte, stieß einen Schrei aus und schwieg wieder. Gus saß da, neigte den Kopf nach links und nach rechts, während er die Bewegungen des Vogels verfolgte, und beugte den Oberkörper über den Tisch, um ihn aus größerer Nähe zu beobachten, ohne ihn zu stören. Plötzlich knallte die Haustür. Diesmal stand Gus auf und verließ sein Arbeitszimmer, doch das einzige, was er noch sah, war Mrs Bridges Kittel, der an der Klinke der Eingangstür hing wie eine vom Feind als Kriegserklärung gehisste Flagge. Am Fenster sah Gus die alte Dame energischen Schrittes durch die Eingangspforte marschieren. Die flatternden Spitzenbänder ihrer Haube erinnerten ihn an eine sturmgebeutelte Vogelscheuche.

Er kehrte wieder an seinen Schreibtisch zurück. Er hatte keine Zeit, ihr hinterherzulaufen; er konnte den Riesenalk ja nicht allein lassen. In Wirklichkeit stellte sich die Frage gar nicht: Kaum hatte er wieder den Blick auf das Tier gerichtet, beobachtete er wie gebannt jede noch so kleine Bewegung, auch wenn sie dem, was er schon gesehen hatte, ähnlich war, doch sobald sich das Licht veränderte, sobald der Schnabel mit größerem oder geringerem Nachdruck durch das Gefieder fuhr, war wieder alles anders. Zeit verging. Schließlich kam der Vogel aus seinem Käfig und machte erst zwei, dann drei seiner schaukelnden Schritte, den gesunden Flügel leicht abgespreizt. Ohne lange nachzudenken, griff Gus nach einem Fisch, trat näher und legte ihn in einem Meter Entfernung vor dem Riesenalk auf den Boden. Dann hockte er sich nieder. Das Tier wartete, tat einen Schritt, wartete wieder, tat noch einen Schritt.

Sein Schnabel zeichnete sich deutlich vor der weißen Zimmerwand ab. Damit ihm keine von Gus' Bewegungen entging, hatte der Riesenalk ihm sein Profil zugewandt und fixierte ihn mit einem Auge, während der Körper ihm mehr oder weniger direkt zugewandt blieb. So hatte Gus seinerseits Gelegenheit, die Iris des Vogels zu betrachten, deren Braun ziemlich hell war, jedenfalls heller als die Pupille. Das überraschte ihn. Was die Augen des Tiers betraf, war er bisher von einem einheitlichen Dunkelbraun ausgegangen. Um die Iris herum zog sich zudem ein milchiges Band, das sich im Augenweiß auflöste, auch dies nur ein schmaler Ring. Das alles irritierte Gus immer mehr. Er entdeckte einen intelligenten, zwar misstrauischen, vor allem aber tiefgründigen Ausdruck im Blick dieses Vogels. Der Riesenalk schien nachzudenken, schien sein unbekanntes Gegenüber zu taxieren, ohne dabei zurückzuweichen, was zudem eine gewisse Courage verriet. Während Gus also forschend in das Auge eines durch und durch instinktgeleiteten Tieres blickte, hatte er dennoch das Gefühl, dass hier ein denkendes, mutiges Wesen vor ihm stand, ein Wesen, das die

Rätsel und Gefahren zu bewerten schien, die er, Gus, für sein Leben darstellte. Und das alles nur wegen einer halbwegs hellen Iris, wie er sie schon hundertfach in den Augen von Freunden gesehen hatte, ohne je darüber nachzudenken.

Vielleicht machte ihm auch nur die Einsamkeit langsam zu schaffen, und dass ein Auge ihn derart beeindrucken konnte, lag einfach daran, dass dieses Auge lebte und ihn, Gus, wahrnahm. Plötzlich fiel ihm auf, dass die beiden weißen Flecken im Gefieder, die Flecken zwischen Schnabel und Augen, verschwunden waren. Es war ein Schock. Jetzt ging es nicht mehr um tiefgründige Blicke, um Wesen, die sich gegenseitig wahrnahmen und taxierten. Es ging jetzt um ein Tier, das sich verändert hatte, nicht um ein Tier, das in der Mauser war, sondern um ein Tier, dem ein grundlegendes Beschreibungsmerkmal abhandengekommen war. Gus ging zu seinem Schreibtisch, um diese Beobachtung in einem Heft zu notieren, doch während er noch schrieb, überlegte er sich schon, dass er seinen Riesenalk weiterhin mit den gut identifizierbaren Flecken zeichnen würde, diesen weißen Ovalen neben einer hellen Iris, die wie ein Ring die kleine, dunkle Pupille umschloss.

Es war schon fünf Uhr nachmittags und noch hell. Der Vogel war immer noch in Bewegung und watschelte nun an der hinteren Zimmerwand entlang. Wenn ihm dabei ein Gegenstand begegnete – eine Kommode oder ein Stuhl –, setzte er seinen Schnabel ein, als wollte er prüfen, aus welchem Material das Möbelstück gemacht war. Um halb sechs hatte er die sechs Breitenmeter des Zimmers durchkämmt. Zehn Minuten später klopfte es an der Tür. Durchs Fenster erkannte Gus den Notar von Stromness, Mr Buchanan. Der Riesenalk musste sofort in den Käfig. Gus stürzte sich auf ihn, packte ihn von hinten und hob ihn wie eine Ente vom Boden hoch. Es ging so schnell, dass der Vogel offenbar keine Zeit hatte, sich darauf einzustellen. Er gab einen leisen Schrei von sich, einen resignierten, fassungslosen Laut, während die Füße samt Krallen vor Gus' Bauch ruderten.

Als an der Tür Buchanans zweite, glücklicherweise höfliche Klopfsalve ertönte, rief Gus: »Ich komme!« Er hielt das Tier immer noch fest, den einen Arm um die Flügel geschlungen, den anderen um den Hals. Er spürte das Zucken, das durch den angespannten Körper des Vogels ging und so schicksalsergeben war wie der leise Schrei. Vor der Käfigtür sah die Sache allerdings anders aus. Gus gelang es nicht, jedenfalls nicht schnell, den Riesenalk so zu verbiegen, dass er sich hindurchbugsieren ließ. Wahrscheinlich vor Angst, vielleicht auch absichtlich, um nicht verletzt zu werden, ließ der Vogel seinen Körper mit einem Mal so erschlaffen, dass es fast unmöglich wurde, dieses lappenartige Etwas, in das er sich verwandelt hatte, durch die Käfigtür zu schieben. »Ich komme!«, rief Gus noch einmal in Buchanans Richtung, aber langsam wurde er nervös und merkte, dass ihm der Schweiß auf die Stirn trat. Rasch stopfte er den Kopf des Vogels durch die Tür und schob das sich wehrende, zappelnde Gesäß hinterher. Der Riesenalk verharrte in einer erbärmlichen Haltung, als Gus die Käfigtür abschloss und Richtung Haustür hastete.

Sie saßen in der kleinen Wohnstube; ein Getränk hatte keiner der beiden vor sich. Die beiden Männer waren etwa gleich alt, worüber Gus sich ärgerte. Natürlich hatte Mrs Bridge Buchanan zu Hilfe gerufen, denn sie war höchst empört, einem Tier das Feld räumen zu müssen, noch dazu einem Tier mit Entenfüßen, einem Schnabel wie dem eines Adlers und einem Körper wie eine Suppenterrine, an der statt Griffen Flügel befestigt waren, kurzum eine Art Vogel, der nicht einmal fliegen konnte und boshaft zu sein schien. Aus ihrer Sicht hätte sie genauso gut einem Schnabeltier begegnen können, mit anderen Worten einem Tier, von dem sie sich niemals vorgestellt hätte, dass es überhaupt existierte.

»Sie sollten sie beruhigen und ihr zeigen, dass Sie sie respektieren«, sagte Buchanan, als könnte er mit seinen gerade mal fünfundzwanzig Jahren einem Dreiundzwanzigjährigen Ratschläge erteilen. »Alte Frauen können hier bemerkenswert viel Unheil anrichten, aber sie geben sich auch schnell geschlagen, das werden Sie sehen.«

Tief eingesunken in ihre Sessel saßen die beiden vor dem erloschenen Kamin. Buchanan drehte sich eine Zigarette, was seinen langen weißen Fingern eine Beschäftigung gab. Sie passten zu seinem nicht minder langen weißen, in Teilen rosafarbenen Gesicht, das nun über das Zigarettenblättchen gebeugt war. Gus fragte sich, ob er hergekommen war, um ihm Benimmregeln im Umgang mit den Bewohnern dieser abgelegenen Insel beizubringen, die so in Nebel gehüllt war, dass sie schwerelos über der Welt zu schweben schien. Allerdings wusste er ja, dass Buchanans langsame Gesten nur dazu dienten, Zeit und Sympathie zu gewinnen, bevor er das eigentliche Thema seines Besuchs anschneiden würde. Gus hätte es genauso gemacht, nur dass er in diesem Moment an sein Tier dachte, das so erbärmlich in dem abgeschlossenen Käfig lag. Er betrachtete es nicht als Verstoß gegen die guten Sitten dieser entlegenen, rückständigen Stadt, ein außergewöhnliches Vogelexemplar bei sich zu halten, und daraus machte er auch keinen Hehl. Er war der Meinung, dass Mrs Bridge keinen Grund hatte, sich verletzt oder schlecht behandelt zu fühlen. Aber er hatte auch keine Lust, der Neugierde einer infolge jahrhundertelangen Sonnenentzugs anämischen Standesperson nachzugeben.

Er wurde ungeduldig. Nach einer Viertelstunde erhob er sich abrupt aus seinem Sessel, eine Geste, die weltweit das Ende einer Unterhaltung besiegelte. Doch Buchanan rührte sich nicht, nur sein durchsichtiger Teint wich einem kräftigen Rosa, als hätte die Farbe seiner Wangen auf das restliche Gesicht übergegriffen. Es folgte Schweigen, und Gus sah sich gezwungen, wieder Platz zu nehmen, während er sich fragte, ob der junge Mann nicht drauf und dran war, einen Gehirnschlag zu erleiden. Doch dem war nicht so, denn kaum saß Gus wieder, kehrte die Blässe – die bei dem Schotten ein Zeichen von Wohlbefinden war – in sein Gesicht zurück, und er sah den Franzosen lächelnd an.

»Ich würde ihn gern sehen«, sagte er; mehr nicht.

Gus war fassungslos, und wenn er ehrlich war, merkte er, dass er Eifersucht empfand. Vor Mrs Bridge hatte er den Riesenalk nie zu verstecken versucht. Den Erfolg hatte er ja im Übrigen gesehen. Ihn aber jemandem zu zeigen, der etwa gleichen Alters war und so intelligente, sanfte Züge hatte wie dieser Mann, der ihm ein Freund hätte sein können, wenn Gus auf die Schnapsidee gekommen wäre, sein Leben auf den Orkney-Inseln zu verbringen – nein, das schien für ihn ausgeschlossen zu sein.

»Es wäre zu verstörend für das Tier.«

Die Antwort war klar, höflich und ergab durchaus Sinn.

»Vielleicht später. Ich muss ihn so lange wie möglich am Leben erhalten, das ist jetzt meine Aufgabe. Es wäre schön, wenn ich ihn ins Naturkundemuseum schicken könnte.«

Um deutlich zu signalisieren, dass das Thema somit erledigt war, schlug er die Beine übereinander und rutschte noch etwas tiefer in den Sessel, bereit, nun eine ein- oder zweistündige Konversation über dieses und jenes zu eröffnen, bis sein Gast es leid wäre und wieder gehen würde. Allein die Vorstellung – Buchanan bei dem Riesenalk – versetzte ihn in Panik. Wer weiß, vielleicht hätte Buchanan einen besseren Zugang zu dem Tier, vielleicht würde er es besser verstehen als Gus. Vielleicht verfügte er, was die Riesenalken betraf, über ein umfassenderes Wissen.

»Sind Sie über den Markt im Bilde?«

Gus war sich sicher, dass Buchanan diese rätselhafte Formulierung absichtlich gewählt hatte, um jede Flucht in eine vage Antwort unmöglich zu machen. Und so sah er sich gezwungen, in kühlem und – wie er hoffte – desinteressiertem Ton einzuräumen, dass er den Markt nicht kenne und nicht einmal wisse, von welchem Markt hier die Rede sei.

»Dem Riesenalk-Markt, dem Markt für ihre Bälge oder Teile der Bälge, für Federn, Schnäbel oder auch Eier. Das ist alles sehr teuer. Was Sie da haben, ist ein Vermögen wert, selbst wenn von Eiern wohl keine Rede mehr sein wird.«

Gus hatte immer noch nicht verstanden, was Buchanan ihm sagen wollte, außer vielleicht, dass er beabsichtigte, den Riesenalk zu erwerben, weil sich dessen Federn wohl irgendwo verkaufen ließen, obwohl sie doch, so fand Gus, nichts Besonderes waren, jedenfalls nicht so spektakulär wie zum Beispiel Straußenfedern. Wobei er zugeben musste, dass er sich mit Flitterkram, Fächern und sonstigem Firlefanz schlecht auskannte.

»Wie viele Riesenalken haben auf Eldey gelebt, als Sie dort waren?«, fragte Buchanan.

»Den Matrosen zufolge etwa dreißig.«

»Oh.«

Buchanan schwieg.

Gus verschlug es die Sprache. Buchanan hatte *Oh* gesagt, hatte hier in seiner Lese-, Ess- und Wohnstube, in seinem Sessel sitzend *Oh* gesagt, hatte sich überrascht gezeigt und dann geschwiegen, als wäre Gus ein Kind oder zu unwissend, als dass man seine Zeit damit verlieren müsste, ihm zu erklären, was denn eigentlich so verwunderlich war. Nun war Gus derjenige, der errötete, nur dass es bei ihm nicht so auffiel wie bei dem Schotten. Er räusperte sich und erhob sich ein zweites Mal aus dem Sessel, um seinem einheimischen Gast das Ende dieses reizenden Besuchs zu signalisieren.

Buchanan sah ihn an, wie er da vor ihm stand, und diesmal blieb sein transparenter Teint unverändert. Das Braun seiner Augen war so hell, dass ihr Ton fast ins Schlammfarbene ging. Sein Lächeln wurde breiter, bis es wie ein blasser Balken die untere Hälfte seines extrem schmalen Gesichts zerteilte. Und so nahm Gus am Ende natürlich doch wieder Platz. Gegenüber der Geduld dieses eleganten Lulatschs, der da vor ihm saß, empfand er seine eigene Vehemenz plötzlich als plump und ungehobelt. Die Riesenalk-Kolonien seien im Begriff, immer kleiner zu werden, erklärte ihm Buchanan, der überrascht war, dass Gus davon noch nichts wusste.

»Ich frage mich, wohin sie abwandern. Zu Beginn des Jahrhunderts waren sie rings um Neufundland noch ziemlich zahlreich, dann sind sie hierhergekommen, und jetzt scheinen sie auch hier immer weniger zu werden. Es gibt einen regelrechten Fetischhandel um Teile dieser Tiere. Die ganze Welt will ein Stück Riesenalk. Dass er selten ist, treibt die Preise hoch, was normal ist.«

Während Gus zuhörte, konnte er seine Überraschung nicht so gut verbergen, wie ihm lieb gewesen wäre. Dabei hatte er überhaupt keinen Grund, peinlich berührt zu sein, bloß weil er etwas nicht wusste, wovon er nie behauptet hatte, dass es sein Spezialgebiet sei, etwas, das ihm allein der Zufall zugetragen hatte. Er fragte sich, ob in Buchanans Worten nicht der Verdacht mitschwang, dass auch er sich unter dem Deckmantel der Wissenschaft bereichern wollte. Doch das war es nicht, nein: Buchanan warnte ihn lediglich vor den Gefahren, die damit einhergingen, dass ein Riesenalk in seinem Haus lebte, mitten in einer Stadt voller Matrosen, für die der finanzielle Nutzen dieses Tiers außer Frage stand.

»Kann ich ihn denn jetzt sehen?«, fragte Buchanan.

Gus zögerte; dann willigte er ein.

Im Laufe des Spätnachmittags war das Licht im Arbeitszimmer immer weniger geworden. Als Gus wenigstens die Kerze auf dem Schreibtisch anzünden wollte, hielt ihn Buchanan mit einer Hand zurück. Im Halbdunkel ließ sich der Käfig noch erahnen und in ihm die Umrisse von etwas, das einem Butterklumpen ähnlich sah, nur eben ganz in Schwarz. Vielleicht sah man auch den Schimmer einer glänzenden Schnabelspitze, wobei Gus dies eher für eine optische Täuschung hielt. Buchanan stand einfach nur da, sprachlos angesichts von etwas, das bisher in keiner Weise aufsehenerregend war. Sie hörten ein schabendes Geräusch von Schwimmfüßen auf dem Metallboden des Käfigs. Buchanan ging nun doch ein paar Schritte näher heran und hockte sich minutenlang nieder. Gus, der noch an der Tür stand, erschien es lang.

Wortlos beobachtete der Notar das stille, scheinbar schlafende Tier. Von seiner Position aus sah Gus jetzt nur zwei dunkle Umrisse, die nichts Bekanntes in ihm wachriefen – bis auf Buchanans hellen Hemdkragen, der wie die Idee eines Phantoms in der Luft schwebte und es Gus immerhin ermöglichte, daraus die Präsenz seines Nackens, seines Kopfes und dann, während er den Blick weiter nach unten wandern ließ, seines Rückens abzuleiten. Der Arm des Schotten forderte Gus mit einer horizontalen Bewegung auf, die Kerze anzuzünden. Als er gehorchte, hatte er das Gefühl, ein Ritual zu vollziehen: die leisen, langsamen Schritte, das möglichst geräuschlose Anreißen des Streichholzes. Es hatte etwas Feierliches oder Sakrales, jedenfalls etwas, das ihm die Kehle zuschnürte, er wusste auch nicht, warum.

Das gelblich in den Raum strömende Licht wurde auf dem Weg zu Buchanan und dem Riesenalk immer diffuser. Gus trat näher an sie heran, immer noch langsam, um keine dieser beiden sich beobachtenden Kreaturen zu erschrecken. Bei Buchanan angelangt hockte er sich neben ihn. Er sah, wie sich die Blicke des Schotten und des Riesenalks ineinander versenkten. Jeder versuchte, den anderen zu durchdringen, ernst, konzentriert und vor allem ruhig. Es war das erste Mal, dass Gus den Vogel so sah, so friedlich.

Er hatte das Gefühl, Buchanans Blick übernommen zu haben und genau das zu sehen, was auch Buchanan sah: ein großes, fantastisches Tier, das so allein und im Halbdunkel noch an Größe gewann. Gus' Augen gewöhnten sich an das schwache Licht. Details lösten sich aus dem Dunkel. Bisher hatte er sie lediglich registriert, doch jetzt verharrte sein Blick auf einer alten zerzausten Feder, die aus einer Fläche frisch nachgewachsener, schon leicht glänzender Federn ragte, die nur darauf warteten, sich auf der Brust des Tieres zu entfalten. Und just auf dieser Brust, dort, wo vermutlich das Herz schlug, fiel Gus' Blick auf zwei nebeneinanderliegende leichte Erhebungen, in denen das Leben pochte.

»Schauen Sie ihn an. Bis jetzt waren alle, die ich gesehen habe, tot«, sagte Buchanan.

»Sie sollten mal auf einem Fischerboot mitfahren …«

»Ich fahre nicht gern zur See. Sie sagten, dass es auf Eldey nur noch etwa dreißig waren. Nach Ihrem Besuch werden es, wenn ich das richtig verfolgt habe, sicher nicht mehr geworden sein.«

Gus schwieg. Er war weder verärgert noch gekränkt noch fühlte er sich schuldig, er war einfach nur damit beschäftigt, den Riesenalk zu betrachten, und davon hätte ihn der Kraftaufwand, seine Stimme zu erheben, abgelenkt. Er fragte sich, warum er die Schönheit und Erhabenheit dieses Tieres bisher nicht wahrgenommen hatte. Bestimmt hatte es etwas mit dem zur Neige gehenden Nachmittag zu tun, dem Nieselregen und der andächtigen Atmosphäre, die Buchanan diesem Moment verlieh.

Gus beugte sich nach vorn und öffnete die Käfigtür. Als hätte der Riesenalk sein Misstrauen abgelegt, kam er nach einigen Minuten heraus, vorsichtig und wie immer mit schaukelndem Gang. Dieser Vogel würde es an Land nie leicht haben, dachte Gus. Er sah lustig aus, wie er so umher watschelte. So hatte Gus es bisher noch gar nicht gesehen. Aber vielleicht hatte sich der Riesenalk bisher auch nicht so natürlich bewegt, vielleicht hatte die leidenschaftliche Hingabe, mit der Buchanan ihn beobachtete, eine beruhigende Wirkung auf ihn.

Und so entdeckte Gus ein einzigartiges, nie gesehenes Tier, in dem er nur mit Mühe einen Vogel erkennen konnte. Er sah darin eher – jedenfalls in diesem Moment – eine Art Fisch, der außerhalb des Wassers atmen konnte, oder eine schwimmende Gans, eine Chimäre mit Federn statt Schuppen, mickrigen Flügelchen und einem Raubvogelschnabel, der wahrscheinlich genauso unbrauchbar war. Alles in allem eine Anomalie, ein überproportioniertes Abbild der kleinen Tordalken, dieser anderen Alkenvögel, die Gus überall sah und die nicht nur tauchen, sondern auch ganz normal fliegen konnten wie Möwen.

Buchanan nahm einen Krug Wasser und kippte ihn über dem Vogel aus. Worauf der wie schon bei Gus sofort begann, sein Gefieder zu putzen, mit dem Schnabel unter die Flügel ging und sich dann seinem Rücken widmete. Gus dachte: Dieser Vogel tut, was er tun muss, er tut das, was seine Artgenossen eben tun – so kann er leben. Er will leben. Und während er die geschickten Bewegungen des Tiers beobachtete, seinen Schnabel, der alte Federn auszupfte, nachgewachsene putzte und genau zwischen beiden unterschied, oder sich auf einen Punkt konzentrierte, wo vielleicht die Haut juckte, und energisch den Kopf hin- und herbewegte, sah Gus plötzlich nicht mehr irgendeinen Vertreter der Spezies Riesenalk vor sich: Er sah ein Individuum, den Vogel, den er gerettet hatte. An ihm konnte er von jeher eingeübte Verhaltensweisen und Gewohnheiten beobachten, ein Wissen und eine Intelligenz, die sich in eben diesem speziellen Individuum manifestierte. Er sah den Riesenalk, den er kannte, den er fütterte, den er berührt hatte. Ein Wesen, das Reaktionen, Bedürfnisse und Begierden zeigte, ein Wesen, das einmalig war und zugleich für alle Individuen seiner Art stand.

Gemeinsam verließen Buchanan und er das Arbeitszimmer, als hätte die Einzigartigkeit, aber auch Banalität des gerade Erlebten am Ende etwas Erdrückendes. Sie hatten in diesem Zimmer einem Vogel bei der Gefiederpflege zugeschaut. Es hätten Stunden sein können oder nur zwei Minuten, aber auch Jahre. Es war alltäglich und kostbar, es waren alle Vögel und zugleich nur dieser eine, in dessen sich wiederholenden Bewegungen sie nun kleinste Änderungen wahrnahmen, kleinste Abweichungen in der Haltung seines Schnabels bemerkten. Jedes noch so unmerkliche Flügelzittern kam für sie nun einem Erdbeben gleich.

Sie waren zu ihren Sesseln zurückgekehrt. Diesmal hatten sie sich Whisky eingeschenkt, aber nur, um sich zu beruhigen, denn sie waren aufgewühlt. Draußen hörten sie wieder den Wind und das

Rauschen der Wellen am Meeresrand. Buchanan starrte auf die Flüssigkeit in seinem Glas, als hätte er einen Riesenalk in Miniaturformat darin entdeckt.

»Waren Sie nicht schockiert, Auguste, als Sie gesehen haben, wie die Matrosen die ganze Kolonie umgebracht haben?«

Sein ernster Ton hatte etwas Anklagendes. Aber warum hätte Gus schockiert sein sollen? Menschen aßen Tiere, und Tiere aßen andere Tiere, so war das Gesetz dieser Welt. Wobei da schon etwas war, das ihm Unbehagen bereitete; die Erinnerung an eine Panik und an den Spaß, den die Männer hatten, die primitive Brutalität dieses Massakers und das Bild eines Riesenalks, der sein Ei beschützt und dabei von einem Stein erschlagen wird. Es stimmte schon: Gus hatte sich keine Fragen gestellt, hatte alles wie einen Traum an sich vorbeiziehen lassen. Obwohl, nein, er hatte vielleicht doch eher aus den Augenwinkeln zugesehen oder immer wieder den Blick gesenkt, mal auf die Planken der Schaluppe, mal zum Strand, dann wieder auf die Planken geschaut.

Buchanan starrte auf sein Glas, als wäre es zu schmerzhaft, einen verachtenswerten oder vielleicht auch nur schwachen Gus vor sich zu sehen – einen Apotheker und Biologen, dem nichts Unbehagen bereitete, der nicht die Gewalt, die Hässlichkeit, die Leidenschaften der Menschen sah, sondern den Fortschritt, die reine Wissenschaft oder die Interessen des frustrierten Abenteurers, der er war.

Dank der Kerzen und des Kaminfeuers war es hier heller als im Arbeitszimmer, wo sie den Riesenalk besucht hatten. Die Wohnstube holte Gus in die Zivilisation zurück, hin zu den ehrbaren Menschen, die es sich nach getaner Arbeit auf ihren Sofakissen bequem machten, fernab von wilden Tieren und brutalen Seeleuten. Nur dass jetzt Nacht war, der Wind gegen das Haus bummerte und das Tosen der Wellen ihn und Buchanan abkapselte, als wären sie im Inneren einer Ruine. Er wäre jetzt gern in eine Schenke gegangen, um das Geschrei der saufenden Männer zu hören, ihr Gelächter über alles und nichts und die von Alkoholfahnen getragenen Lieder, die man dort grölte. Er hatte Lust auf ein Pint und nicht auf Whiskylikör, Lust auf Bierschaum, so flauschig und weich wie der Flaum eines sich mausernden Riesenalks.

Warum dachte er jetzt schon wieder an ihn? Warum ließ ihn etwas Weiches, Weißes sofort an dieses zerzauste Tier mit seinen absterbenden Federn denken? War es denn so außergewöhnlich, ein Wildtier bei sich zu haben? In Afrika schienen die eingeborenen Könige doch Löwen zu zähmen. Aber waren sie deshalb jedes Mal entzückt, wenn sie aufwachten und ihnen ein Raubtier zu Füßen lag? Musste man denn unentwegt daran denken? Im Grunde war er nicht anders als Buchanan, alles lief immer auf diesen Vogel hinaus.

»Sie werden gut aufpassen müssen«, sagte der Schotte.

Gus hatte den Eindruck, dass er ihm drohte. Aber, nein, inzwischen sah Buchanan ihn wieder an. Er hatte sich von seinem Glas losgerissen, in dem nun offenbar kein Bild eines wie auch immer gearteten Vogels mehr schwamm. Die eine Hälfte seines Gesichts leuchtete im Licht des Feuers orange, die andere, die im Dunklen lag, war grau, doch es war ein käsiges, bleiches Grau, als käme die Finsternis gegen seine Haut nicht an. Die beiden Männer lächelten sich zu. Der Wind pfiff, das Meer toste, und sie saßen wieder in einer Wohnstube, in einem Haus in Küstennähe, wo es für alle Geräusche eine rationale Erklärung gab und die Anwesenheit eines lebendigen Riesenalk-Exemplars auf logischen, wissenschaftlichen Gründen basierte.

»Haben Sie Hunger?«, fragte er Buchanan, um etwas zu sagen und ein für alle Mal für eine entspannte Atmosphäre zu sorgen.

Doch der Schotte wollte nichts. »Die werden am Ende sogar noch versuchen, eine halbe Riesenalk-Kralle zu verkaufen oder ein Riesenalk-Auge, wenn sie wissen, wie man es konserviert. Der Markt ist riesig, die Museen wollen Bälge kaufen, um ihre

Sammlungen zu bereichern, die Händler wollen sie an Museen verkaufen, und die Sammler werden hübsche, teure, aus Riesenalk-Schnäbeln gefertigte Tabakdöschen auftreiben, wenn die Mode es will.«

»Ich werde den Riesenalk nicht verkaufen. Ich schicke ihn nach Lille, und zwar lebendig!«

War er wirklich so kindisch, dieser arme, ahnungslose Gus? Er fand seine eigene Äußerung naiv, den Ausruf dumm und war sich sicher, dass er im Halbdunkel rot wurde.

»Glauben Sie wirklich? Sie sind Wissenschaftler. Das Museum zahlt für Ihre Reisen und Ihren Unterhalt, ich stelle mir also vor, dass es auch darüber entscheidet, was mit dem Tier geschieht.«

Das stimmte. Gus hatte sich im Übrigen noch nicht wirklich Gedanken darüber gemacht, was Garnier von ihm verlangen würde. Er wollte weg von Stromness, wollte sich, wenn möglich, zu einer bedeutenderen Expedition in weniger bekannte Länder einschiffen. Er hatte den Riesenalk aufgelesen wie eine seltene Blume, die man später in Jussieu für die Sammlung klassifizieren würde. Was die Menschheit an erbärmlichen oder grandiosen Dingen trieb, interessierte ihn nicht.

Sofort waren der Wind, die Wellen, die Kälte, die Nacht und die Einsamkeit wieder präsent und auch die Silhouette des im Nachbarzimmer gefangen gehaltenen Riesenalks. Hinzu kam ein Gefühl von Gefahr, ausgelöst durch diesen Buchanan mit seinem langen Prophetengesicht, diesen Menschen, mit dem sich Gus auch nicht eine Sekunde lang bei einem entspannten Bier in einem von Witzen widerhallenden Pub sitzen sah. In Anwesenheit dieser ätherischen Erscheinung fiel Gus das Atmen schwer, und er dachte wieder an das Leben, das da draußen gerade ohne ihn stattfand, selbst in den nicht sonderlich amüsanten Straßen von Stromness, im Regen, bei Nacht.

»Habe ich Ihnen Angst gemacht?« Buchanan lachte, und schon war er wieder der mehr oder weniger gleichaltrige Kamerad, den er in eine aufregende Entdeckung eingeweiht hatte. Auch das Atmen fiel wieder leicht; etwas aus dem normalen Leben kehrte zurück, ein übertriebener, theatralischer Bann war gebrochen.

»Ich kenne die Matrosen«, sagte Gus. »In einem Monat habe ich viel erlebt, zwei Mal war ich mit denen auf Fischfang. Ich habe sie gesehen, das sind mutige Leute.«

»Und das macht sie zu loyalen Typen, die Ihnen niemals etwas stehlen würden …«

»Der Riesenalk gehört mir, das wissen die genau, sie hatten nichts dagegen, als ich ihn gefangen habe.«

»Was ist Ihr Preis für den Riesenalk? Er hat auch für Sie einen Preis. Eine Karriere im Museum von

Lille, Ihr Name als Spender auf dem ausgestopften Tier? Und Sie sollten wissen, dass mich das nicht stört. Ich möchte Sie nur warnen. Was für Sie einen Wert hat, kann auch für andere wertvoll sein. Ihre Auftraggeber sind dieselben …«

Der Alkohol hatte Gus etwas benommen gemacht; er hätte sich bewegen müssen. Er fing an, schwer zu atmen, und manchmal fielen ihm für ein paar Sekunden die Augen zu. Buchanan wirkte auch müde. Er stand im selben Moment auf wie Gus. Hinterher wusste keiner mehr, wer die Tür als Erster geöffnet hatte. Gus erinnerte sich nicht daran, dass Buchanan den Mantel angezogen oder den Hut aufgesetzt hatte, da sah er schon, wie seine große Silhouette das Gartentor öffnete und die Dunkelheit der Straße seinen langen, schlaksigen Körper verschluckte.

Kaum war Buchanan fort, ging Gus wieder ins Arbeitszimmer. Der Riesenalk hockte in einer Ecke gegenüber dem Käfig. Er war bestimmt fest entschlossen, nicht mehr dorthin zurückzukehren. Es sei denn, der ausgewählte Platz war einfach angenehmer für ihn, kühler, sauberer und weiter von Gus entfernt. Er gab ein leises Gurren von sich, eigentlich eher ein trillerähnliches, aber dunkles Geräusch, als sammelte er seine Kräfte, um Gus mit einem furchterregenden Schrei zu beeindrucken. Gus näherte sich ihm, dann packte er ihn plötzlich – wie schon einmal geschehen – von hinten, ohne selbst genau zu wissen, was eigentlich passieren sollte, wenn er den Vogel in den Armen halten würde.

Das Meer war leicht bewegt, aber nicht stürmisch, was sich gut traf, denn nachts war die Gischt das, was noch am besten zu erkennen war. Beim Verlassen des Hauses hatte Gus noch daran gedacht, die Leine mitzunehmen, die zufällig am Kleiderständer neben der Eingangstür hing. Auf den fünfzig Metern, die ihn vom Meeresufer trennten, hatte der in seinen Armen eingeklemmte Riesenalk zunächst gezappelt, irgendwann aber damit aufgehört, als hätte ihn die ganze Aufregung zu sehr erschöpft. Seine Füße waren an Gus' Bauch hin und her gerutscht, und manchmal hatten die Krallen – ob vor Erstaunen oder vor Begeisterung – die Strickjacke und sogar das Hemd durchdrungen und Gus die Haut zerkratzt. Gus ging festen Schrittes, doch er merkte, dass er wie ein Automat funktionierte, denn in seinem umnebelten Kopf war alles auf ein einziges Ziel gerichtet, dessen Plausibilität nicht einmal gesichert schien.

Dabei war es ganz einfach, ein Gedanke hatte sich ihm aufgedrängt: Er würde den Riesenalk ins Meer lassen. Die Leine musste ihm um den Fuß gebunden werden, wie man es auch auf den Booten praktizierte. Er hoffte dabei auf eine gewisse Benommenheit des Vogels. Wer wie ein Automat funktioniert, hat den unschätzbaren Vorteil, dass er sehr präzise agiert und gegebenenfalls keine Bedenken hat, einen Vogelfuß zu packen, den sich instinktiv wehrenden Körper des Tiers mit einem Knie niederzudrücken und ihm ein Seil stramm ums Bein zu binden. Und das tat Gus mit klarem Erfolg. Als er fertig war, hätte er nicht einmal sagen können, ob der Vogel währenddessen geschrien hatte. Durch den Wind und die Wellen wirkte das Tier jedenfalls wie betäubt.

Er setzte den Riesenalk auf den steinigen Strand. Er erinnerte sich an Strände im Norden Frankreichs, wo er über Sand gelaufen war, und hatte das Gefühl, dass es dort einfacher war, sich zu bewegen als hier, aber der Riesenalk war schließlich daran gewöhnt. Tatsächlich watschelte er langsam voran, und als er im zentimetertiefen Wasser angelangt war, legte er sich sofort flach hinein. Plötzlich ging eine Veränderung in ihm vor, die vielleicht mit dem Aufgehen eines Brotteigs vergleichbar war. Nicht dass er wirklich dicker oder größer wurde, aber er schien aufzublühen, sich zu entfalten, seine eigentliche Gestalt wiederzugewinnen, so wie ein schlaffer Handschuh wieder in Amt und Würden tritt, wenn man ihn anzieht. Vielleicht wollte er sich, als er den Kopf ins flache Wasser tauchte und seinen Körper erst in die eine und dann die andere Richtung drehte, vom Schmutz des Festlands befreien. Gus sah nur den weißen Bauch, der auftauchte und gleich wieder versank. Und plötzlich war er ganz verschwunden.

Es dauerte nur wenige Sekunden, Gus hatte noch keine Zeit gehabt, sich Sorgen zu machen, da spürte er, wie sich die Leine spannte. Der Riesenalk zog so kräftig daran, dass Gus sie sich mehrmals ums Handgelenk wickelte. Mit dieser Kraft hatte er nicht gerechnet. Er stand am Meeresufer, und die Leine grub sich in seine rechte Hand, scheuerte sogar schon an der linken, die er zur Unterstützung dazu genommen hatte. Er lehnte sich mit dem ganzen Körper zurück, was ihn wegen der Steine unter seinen Füßen etwas aus dem Gleichgewicht brachte. Der Riesenalk tauchte immer noch nicht auf, aber Gus war sich nicht sicher, ob er ihn in der Dunkelheit überhaupt gesehen hätte. Ein Kampf hatte begonnen, und er wusste, dass er ihn zumindest in Sachen Ausdauer verlieren würde. Er musste also ziehen, und zwar mit aller Kraft, und den Vogel schnell an den Strand zurückholen. Doch der schien unter Wasser kunstvolle Haken und Saltos zu schlagen. Gus spürte, dass weniger die Kraft des Tiers als seine Beweglichkeit ihn am Ende ermüden würde, zu unbeholfen stand er auf den unebenen, spitzen

Steinen, die ihm zudem keine Sitzfläche boten, von wo aus er besser und bequemer sein ganzes Gewicht hätte einbringen können.

Er ging ins Meer, watete bis ins knietiefe Wasser. Es war eiskalt, aber die Anspannung betäubte längst seine Sinne. Er hockte sich nieder, nein, setzte sich, das Wasser reichte ihm nun bis zur Brust. Die Steine störten jetzt weniger. Hin und wieder brach sich eine Welle in Schulterhöhe. Dass die Dünung ihn in die gewünschte Richtung, nämlich zum Strand hintrieb, gab seiner Gegenwehr zusätzlichen Elan, und er merkte, dass der Riesenalk am anderen Ende der Leine allmählich näherkam. Er spürte die Kälte nicht mehr, spürte die Schmerzen nicht mehr und hätte nicht sagen können, wie lange dieser Kampf schon dauerte. Als er später darüber nachdachte, kam er zu dem Schluss, dass es insgesamt nicht länger als zehn Minuten hatten sein können.

Er hatte gefürchtet, den Riesenalk zu verlieren. Anfangs hatte er ihn als einen Feind wahrgenommen, dem er kaum mehr Sympathie entgegenbrachte als einem Strafgefangenen auf der Flucht, dann als ein Lebewesen, das nicht merkte, welchen Risiken es sich aussetzte, und deshalb seinen Schutz brauchte. Doch als der Kampf zu Ende ging und der Vogel direkt vor Gus, der noch in der flachen Brandung saß, wieder auftauchte, sah er vor allem ein Tier. Ein Tier, das allein war. Genauso allein wie er selbst, verloren in diesem Element, das nicht sein Element war, durchgefroren und nass, mit am Körper klebenden vollgesogenen Kleidern. Der Vogel entfernte sich nicht mehr, sondern ließ sich wie eine Ente auf dem Wasser treiben. Es war unglaublich: Der Riesenalk schien glücklich zu sein.

Gus holte tief Luft. In der Dunkelheit konnte er den Vogel kaum ausmachen, aber das war nicht wichtig, er spürte seine Gegenwart und glaubte, dass der andere auch seine spürte. Die Situation hatte sich gedreht, nun war Gus derjenige, der in der Welt des anderen und somit am falschen Ort war. Also betrachtete er sie, diese dunkle, unheimliche, brutale Welt, horchte auf ihre Geräusche, den Wind, die Wellen, die Dünung. Diesmal bewunderte er den Riesenalk, und weil er ihn bewunderte, dachte er darüber nach, dass das Aussterben dieses Tiers, sollte es eines Tages dazu kommen, ein trauriges Ereignis wäre, ein Wissensverlust, weil mit diesem Tier eine Form des sich Bewegens im feindlichen Element verschwinden würde, und noch dazu eine Form des sich Bewegens, die ganz anders war als die der Seevögel, die flogen, der Robben, die schwammen, und der Fische, die für Gus im Wasser unsichtbar waren.

Endlich stand Gus auf. Der Wind schien ihm bis ins Knochenmark zu dringen; er war völlig durchgefroren, und bestimmt waren seine Lippen aufgesprungen. Nochmals packte er den Vogel, der sich wehrte, aber nur ein bisschen, ohne zu beißen, wie ein Haustier. Wie eine Katze, die ihre Krallen in den Teppich bohrt und es sich trotzdem gefallen lässt, dass man sie hochnimmt. Sie gingen nach Hause, der Riesenalk wahrscheinlich zufrieden draußen in der Nacht, Gus starr vor Kälte in seinen nassen Kleidern und erschöpft, als er endlich die Tür öffnete. Bevor er sich abtrocknete, brachte er das Tier noch ins Arbeitszimmer – aber nicht in den Käfig. Als er das Zimmer wieder verließ, sah er den sonst so unbeholfenen Vogel gerade noch wie eine schlanke, spiegelglatte Rakete davonschießen, bis er flach unter der Kommode lag. Gus zog sich vor dem Kamin endlich aus und schlief ein, im Sessel, unter einer Decke, so nah wie möglich ans Feuer gerückt.

Mrs Bridge war am nächsten Tag wiedergekommen. Sie hatte keinerlei Erklärung abgegeben und beschränkte sich nun darauf, mit strenger, verkniffener Miene geschäftig im Haus hin- und herzulaufen, wobei sie Gus' Arbeitszimmer mied. Spätnachmittags kam Buchanan und setzte sich jedes Mal mit Gus zu dem Riesenalk. Wenn Mrs Bridge das sah, gab sie ein missbilligendes Geräusch von sich und verdrehte die Augen. Sobald es dunkel wurde und alle fort waren, brachte Gus das Tier zum Schwimmen ans Meer.

Am vierten Abend ging er in die Hafenkneipe. Er suchte den Trubel und wollte die Männer wiedersehen, mit denen er auf Kabeljaufang gewesen war und den Riesenalk entdeckt hatte. Als er in die feuchte Wärme des Gastraums trat, liefen ihm gleich Schweißperlen über die Stirn. Im Stimmengewirr war er sofort wie benebelt, genau das hatte er sich erhofft. An einem der Tische sah er Armstrong sitzen. Mit dem Bierhumpen in der Hand setzte er sich neben ihn. Armstrong war mit ihm in der Schaluppe gewesen. Er war um die vierzig, vielleicht auch jünger, die Zähne – jedenfalls die, die er noch hatte – gelb oder schwarz, aber auch Gus' Zähne waren ja, was Farbe und Ebenmäßigkeit betraf, nicht perfekt. Die riesig wirkenden Hände des Matrosen waren krumm und mit faszinierenden Narben bedeckt, ein kleiner Finger gelähmt und zu einer hakenförmigen Kralle erstarrt.

Armstrong erkundigte sich nicht nach dem Vogel. Was für Gus eine außergewöhnliche, komplizierte Geschichte war, mochte in Armstrongs Augen nur ein kleiner, nicht nennenswerter Zwischenfall sein. Gus traute sich nicht, das Thema anzuschneiden. Mit Buchanan unterhielt er sich ja auch schon oft genug darüber. Wegen Buchanan hatte er im Übrigen das Gefühl, dass es eine Grenzüberschreitung war, in diesen Pub zu kommen, an diesen entwürdigenden Ort der Habgier, wo man dem Notar zufolge Gefahr lief, wegen eines Biers mit durchgeschnittener Kehle zu enden.

Die Männer lachten, redeten über alles und nichts oder hörten schweigend zu, froh über die Gelegenheit, mal einfach nur dazusitzen. Hin und wieder wurden wütende Stimmen laut und dann wieder leise, von anderswoher durch Gebrüll übertönt. Gus hatte das Gefühl, überall im Pub hängende Schultern zu sehen, an den Tischen, am Tresen, überall schlaffe, hängende Schultern, hinter denen Pfeifen oder Bierhumpen hervorschauten und darüber Hälse wie die von Schildkröten und gesenkte Gesichter, hinter Bärten, Hüten oder Mützen versteckt.

An der Theke saß Einarsson, ein Isländer, der bei dem Gemetzel am Strand von Eldey dabei gewesen war, und trank Bier um Bier, mal allein und versunken, mal in Gesellschaft und laut. Gus war so überrascht, ihn zu sehen, dass er unwillkürlich zurückwich, als hätte sich ein Bild vor den an der Bar sitzenden Mann geschoben, das Bild eines Kerls, der einen erwürgten Riesenalk in den Händen hielt – die Erinnerung an einen

Mund, aus dessen aufgerissenem Schlund schrilles Freudengeschrei drang. Gus schämte sich für seine Gefühlsduselei.

»Was hast du mit dem Tier gemacht?«, hörte er plötzlich Einarssons Stimme dicht an seinem Ohr.

Gus hatte wohl vor sich hin geträumt und nicht gesehen, wie er vom Tresen an seinen Tisch gekommen war.

»Jemand aus Frankreich kommt ihn in Edinburgh abholen.«

Die Lüge kam ganz spontan; Buchanans Warnungen waren nicht zwecklos gewesen. Sekundenlang wirkte Einarsson enttäuscht.

»Gut, wir müssen alle unseren Job machen. Deiner besteht darin, den Vogel auf den Kontinent zu schicken. Ich frage mich nur, was das bringt.« Und nach kurzem Schweigen fügte er hinzu: »Falls er vorher stirbt, nehme ich ihn gern.«

»Auch tot muss ich ihn nach Frankreich bringen«, erwiderte Gus.

Einarsson wirkte abermals enttäuscht, reagierte nun allerdings mit einem erstaunten Unterton, als unterstellte er Gus einen gewissen Unwillen. »Warum denkst du eigentlich, dass er dir gehört? Ohne uns hättest du den gar nicht gefunden.«

»Lass ihn«, schaltete sich Armstrong ein, ohne Einarsson anzusehen, ohne überhaupt jemanden anzusehen, sein müder Blick nach innen gekehrt.

Einarsson schien zu einer Antwort anzusetzen, doch dann schwieg er wie jemand, der ein Geheimnis lieber für sich behält, und schenkte Gus nur ein spöttisches Lächeln. Dann ging er zum Tresen zurück. Gus fühlte sich plötzlich unbehaglich mit Armstrong, der Auftritt des Isländers hatte ihn eingeschüchtert.

»Die Riesenalken sind langsam schwer zu kriegen. Alle sind hinter denen her«, sagte Armstrong.

»Ihr habt die Tiere auf Eldey getötet, ihr hättet sie auch am Leben lassen können …«

»Warum denn das? Die schmecken und geben Kraft. Hast du die noch nie probiert?«

Gus hatte einmal einen Bissen probiert, wobei es auch ein Omelette gewesen sein konnte – allein die Erinnerung daran war ihm unangenehm.

In seinem ruhigen, mürrischen Ton fügte Armstrong hinzu: »Wegen Leuten wie dir sind's weniger geworden. Und jetzt wird's wohl gar keine mehr geben, das ist schade. Wir finden was anderes, aber ist trotzdem schade.«

Warum sagt er das?, dachte Gus und erwiderte: »Nicht einmal zwanzig Naturkundemuseen hätten sechsunddreißig Kadaver haben wollen.«

»Die zahlen sehr hohe Preise für die Bälge und auch für die Eier«, erwiderte Armstrong.

»Das hat euch nicht daran gehindert, sie aufzuschlagen und zu essen.«

»Vor Neufundland gab's früher jede Menge. Das hat mit der Zeit wohl zu schlechten Gewohnheiten geführt. Ist jetzt leider ein bisschen spät, das noch zu ändern. Wir mögen die, verstehst du? Das Fleisch ist nahrhaft und schmeckt. Und wenn Leute wie du uns welche abkaufen wollen, dann denken wir uns, dass wir euch ruhig einen oder zwei geben können, und tja, so werden's halt noch weniger.«

Gus fühlte sich plötzlich ganz matt. Er war gekommen, um sich hier wie alle Männer bei einem Bier zu entspannen, Männer, die keinen Riesenalk im Haus hatten, sich keine moralischen Fragen zur Herkunft der Daunen in ihren Kopfkissen stellten oder zu den Omeletts, die sie aßen, und sich auch nicht fragten, wie viele Wasserkrüge oder gar Bäder im Meer ein Seevogel brauchte. Er wollte nicht mehr an den Riesenalk denken, jedenfalls nicht jetzt und nicht hier. Seit das Tier bei ihm war, hatte er das Gefühl, das Leben nur noch vom Rand aus zu betrachten und sich in dieser lethargischen Stimmung zu gefallen. Bis jetzt hatte er immer gern mit allen Leuten geredet. Als er auf das Fischerboot gegangen war, hatte er sich für einen Seemann gehalten, hatte die Besatzung gemocht, obwohl er nicht dazugehörte, und sich eingeredet, dass er, wenn er nur wollte, mit diesen Männern fantastische Abenteuer erleben, Stürme durchstehen und wilden Eingeborenen begegnen könnte.

Das gefangene Tier in seinem Haus gab ihm nun das Gefühl, sich im Bereich der Illegalität zu bewegen – was er ja gar nicht tat –, aber vor allem, ein Sonderling und sentimentaler Weichling zu sein – was in gewisser Weise noch schlimmer war. Sein gefühliges Bedauern vorhin, weil er sich einmal zum Verzehr eines Stücks Riesenalkfleischs hatte hinreißen lassen, brachte ihn zur Verzweiflung. Als Kind hatte er einen Hund geliebt, mit dem er auf die Jagd ging; als er starb, hatte er geweint und ihn trotzdem vergessen, kaum dass er durch ein jüngeres, lebhafteres Tier ersetzt worden war. Er wusste nicht einmal mehr, ob er ihm einen Namen gegeben hatte. Mit dem Riesenalk würde es nicht anders sein, nur dass Gus bei ihm, wenn er fort wäre, die Genugtuung hätte, der Wissenschaft gedient zu haben, und keine Träne vergießen würde.

Armstrong saß immer noch vor ihm.

»Und wo ist er jetzt, dein Riesenalk?«

»Bei mir.«

Im selben Moment bereute er schon, dass er ihm die Wahrheit gesagt hatte. Er trank einen Schluck, dann weitere, um sich zu entspannen.

Zwanzig Minuten später spürte er einen Druck auf den Rippen, der ihm das Atmen schwer machte. Vorhin war es Einarsson gewesen, diesmal war es die ganze Stimmung im Pub, die ihm zusetzte, waren es all diese Männer, in deren Gesellschaft er niemals seinen Platz habe würde, wie ihm allmählich bewusst wurde. Das Erstaunliche daran war, dass er sie der Gesellschaft eines Buchanan vorzog. Mit diesen Leuten wollte er sich verstehen, ihr Wesen wollte er begreifen. Doch er spürte die Distanz, kam sich lächerlich und deplatziert vor an diesem Ort, dessen betäubende Wärme er mochte, obwohl sie ihm auch Angst machte. Alles hier machte ihm Angst, die Art und Weise, wie Einarsson ihn von Weitem ansah, und Armstrongs fast bösartiger Blick aus halb geschlossenen Augen.

Armstrong war heimtückisch, dessen war er sich sicher. Ganz zu Beginn hatte er ihn sympathisch gefunden, aber jetzt wurde ihm klar, dass er sich getäuscht hatte, dass ihn der Erfolg, mit dem Mann überhaupt ins Gespräch zu kommen, in die Irre geführt hatte, denn dieser Mensch wollte nur herausfinden, wo sich sein Vogel befand. Er war naiv gewesen; es fehlte ihm an Erfahrung. Im Umgang mit Matrosen musste man misstrauisch bleiben, bestimmt war nicht einmal Cook mit ihnen ins Pub gegangen. Deshalb hatte er sich vorhin auch als lethargisch empfunden – lethargisch im Vergleich zu der schwelenden Brutalität, die hier jederzeit in Gewalt umschlagen konnte. Er trank weiter, und sei es nur, um sich nach außen hin gelassen zu geben.

Unweit der Tür begann eine Schlägerei. Eine halbe Stunde mochte inzwischen vergangen sein. Er imitierte die anderen Männer und drehte sich nicht sofort um. Bald zerbrach etwas, ein Glas, ein Stuhlbein. Es erstaunte ihn nicht, er wusste ja inzwischen um die Gewalttätigkeit der Seeleute. Dank seines letzten Biers war er inzwischen auch nicht mehr so ängstlich und fing fast schon wieder an, diese Matrosen mit ihrer ganzen Hitzigkeit und ihrem vernichtenden Ernst spannend zu finden. Er erinnerte sich an *Der letzte Mohikaner* und fragte sich, ob die Männer hier im Raum, wenigstens die Älteren, an den Küstenstrichen Kanadas wohl Irokesen begegnet waren. Das Buch hatte ihn überwältigt; damals war er noch sehr jung und unerfahren, auch wenn es noch gar nicht so lange her war, jedenfalls war er anders gewesen als jetzt, wo er in verruchten Lokalen herumlungerte. Bei dem Gedanken musste er leise lachen über den Weg, der ihn vom Pharmaziestudium in Lille in diese Spelunke im hintersten Winkel einer kargen Inselgruppe geführt hatte.

Er wusste nicht, wie der Junge hieß, der sich neben ihn gesetzt hatte. Und er konnte ihn auch nicht fragen, weil der andere ihm genau diese Frage schon mindestens zehn Mal beantwortet hatte. Gus' Zunge war schwer; das passierte ihm oft, wenn er zu lange Gespräche auf Englisch führte. Es sei denn, es lag am Bier. Eins war jedenfalls sicher: Dieser Junge war viel jünger als Armstrong, vierundzwanzig oder fünfundzwanzig, so wie er. Und er hatte massenweise Sommersprossen im ganzen Gesicht, das aussah wie eine untergehende Sonne. Anscheinend redete er über Kanada und die Huronen, oder, nein, er selbst, Gus, redete ja über Kanada und die Huronen, und der andere lächelte nur freundlich, während er sich mit seinem Tischnachbarn unterhielt. Da konnte man wirklich nicht meckern, der war sehr aufmerksam und nett: Er lachte über jeden Satz von Gus und forderte die anderen auf mitzulachen.

Gus fragte sich, wohin Armstrong verschwunden war. Wenn der alte Matrose ihn jetzt sehen könnte, hier, vor so einem begeisterten Publikum, würde er aufhören, ihm gegenüber diese hochmütige, unangenehme Miene aufzusetzen. Aber da kam er ja – Armstrong war wieder da. Unglaublich, an diesem Abend wurde wirklich alles, woran er dachte, wahr. Armstrong zerrte an seinem Arm, das Gesicht dicht vor seinem. Es war nicht aggressiv, das sah Gus genau, vielleicht war es ein Zeichen der Anerkennung oder eine Geste der Versöhnung, so unter Abenteurern. Was sagte er? Gus hatte ihn nicht richtig verstanden, nur die Worte *home* und *drunk*, jedenfalls irgendetwas auf Englisch. Ach, natürlich, Armstrong hatte ihn aufgefordert, nach Hause zu gehen, weil er betrunken war. Da konnte man sagen, was man wollte, selbst im betrunkenen Zustand verstand er die englische Sprache. Gus stand auf, Armstrong machte Anstalten, ihm hochzuhelfen. Während Gus die Hilfe ablehnte, dachte er, dass er Armstrong vorhin zu Unrecht misstraut hatte. Armstrong war loyal und wohlwollend gegenüber den Jüngeren.

Als Gus das Pub verließ, war er ein glücklicher Mann: Er hatte mit tapferen, stolzen Seemännern einen schönen Abend verbracht. Die kalte Luft machte ihn wieder etwas nüchterner, allerdings nicht so nüchtern, als dass er den Abend bei Erreichen seiner Haustür und nach Erklimmen der Stufen ins Obergeschoss anders bewertet hätte.

Am nächsten Tag wurde er spät wach. Die Nacht hatte ihn ausgelaugt. Er hatte Halsschmerzen; das Bild einer Schlägerei, die ihn nichts anging, tauchte wieder vor ihm auf, dann die Gesichter von Männern, die ihm zuhörten, nur dass er nicht mehr genau beurteilen konnte, ob sie ihm Spott oder Anteilnahme entgegenbrachten. Das Trinken gehörte nicht zu seinen Gewohnheiten, schon gar nicht mit Matrosen.

Es war ein unangenehmer Kraftakt, das Bett zu verlassen und die Treppe zum Arbeitszimmer hinunterzusteigen. Dass ihn allein die Pflicht gegenüber dem sicherlich hungrigen Vogel dazu zwang – eine Pflicht, deren Notwendigkeit sich ihm in diesem Moment nur in Teilen erschloss – machte alles noch beschwerlicher.

Als er ins Zimmer trat, stieß der Riesenalk einen Schrei aus und watschelte auf ihn zu, und zwar so schnell es ging, jedenfalls war dies der Eindruck, den Gus gewann. Es war ein kurzer Aufschrei gewesen, in dem sich Erleichterung auszudrücken schien, und Freude, dass man ihn nicht vergessen hatte. Gus war beeindruckt: Dass ihn ein fremdes Wesen, fremder als jeder Fremde auf der Straße, vermisst hatte und auf eine so natürliche, quasi universelle Weise seine Aufmerksamkeit, ja Zuneigung zum Ausdruck brachte – auch wenn die Gründe eigennützig waren – rührte ihn. Es schien ihm, als hätte der Vogel tatsächlich menschliche Ausdrucksweisen: ein leuchtendes Auge, das »endlich bist du da« sagte, und ein vorgestreckter Hals, der »mir war langweilig ohne dich« hinzufügte. Gus war überwältigt, als der Vogel auch noch den Schnabel an seiner Hose rieb.

Der Riesenalk hatte Hunger. Mit abgespreizten Flügelchen lief er zwischen Gus und der Zimmerwand, an der er täglich gefüttert wurde, hin und her. Dabei schaukelte er wie immer nach links und nach rechts, bewies allerdings mehr Geschick als sonst. Er erinnerte heute an eine Gans, die es eilig hatte, im Chaos ihres Gänsehofs wieder für Ordnung zu sorgen. Und noch etwas überraschte und rührte Gus: die Unbefangenheit, mit der sich ihm dieser Vogel auslieferte und seine Abhängigkeit von einem Fremden einräumte, mit dessen Spezies er keinerlei Gebräuche oder Gewohnheiten teilte.

Es war weder Liebe noch Freundschaft, nicht einmal eine wie auch immer geartete Form von geheimem Einverständnis. Nein, Gus fühlte sich verantwortlich. Das Wort ließ ihn innerlich zusammenzucken: *verantwortlich*. Verantwortung hatte er bisher nur gegenüber seiner Mutter empfunden, die Witwe war und ihr ganzes Hoffen, alle Träume von Glück auf ihren Sohn gerichtet hatte, dessen Studium und dessen zukünftige Karriere sie aufmerksam überwachte. Hier nun handelte er jedoch ohne jedes Motiv, ohne auf irgendeine Form von Dankbarkeit oder künftiger Unterstützung zu hoffen, wie es bei seiner Mutter der Fall war, denn er musste ja immer fürchten, sie zu enttäuschen. Dem Riesenalk dagegen musste er helfen, musste ihn füttern und baden, weil er, Gus, es eines Tages so gewollt hatte, weil er und niemand anders entschieden hatte, dieses Tier zu einem gefangenen Tier zu machen und auch – was noch wichtiger war –, weil der Riesenalk es von ihm verlangte, weil er schwach war, hilflos, ausgeliefert und weil er dennoch *lebte*.

Gus sah zu, wie er seine Fische verschlang, hörte das Schlucken und die munteren Rufe, die er ausstieß, und er begriff, dass dieses Leben, hier vor ihm auf dem Boden, ohne ihn ein Ende haben würde. Was den Auftrag noch gewaltiger machte, war die Tatsache, dass sie beide nie miteinander sprechen, sich niemals verstehen würden und dass die einzige Verbindung zwischen ihnen ihr intuitives Wissen um dieses Leben war, das sie beide erhalten wollten. Gus war also verantwortlich dafür, ob und wie dieses Tier einen Fisch hinunterschlingen, sein Gefieder pflegen oder im Meer tauchen konnte, ausgerechnet Gus, der selbst mit Messer und Gabel aß, kein Gefieder besaß und nicht einmal schwimmen konnte. Noch unglaublicher war allerdings die Tatsache, dass er verantwortlich war für etwas, das er weder verstehen konnte noch geschaffen hatte, und das auch Generationen vor ihm nicht erfunden hatten, verantwortlich im Übrigen für etwas, das ihn bisher noch nie gebraucht hatte. Seine Mutter konnte er enttäuschen, das wusste er und hatte den Gedanken akzeptiert, auch wenn er ihm Angst machte. Sollte es irgendwann dazu kommen, könnte er immer noch versuchen, ihr zu erklären, dass sie beispielsweise zu

Unrecht enttäuscht sei, weil sie einen Sohn hatte, der Matrose war. Vollkommen inakzeptabel war es dagegen, das Vertrauen eines Tieres zu missbrauchen, denn ein Tier konnte ihm nichts erwidern, und sollte es ihm doch etwas erwidern, würde Gus es nicht verstehen.

In diesem Moment packte ihn – wohl auch unter dem Einfluss des Restalkohols der vergangenen Nacht – ein Gefühl der Ergriffenheit, das wie ein Venengeflecht seine ganze Person erfasste. Gus meinte es gut mit dem Vogel und wünschte sich, dass dieser eines Tages auch ohne Angst vor dem Verhungern zur Begrüßung den Schnabel an seinem Bein reiben würde.

Ins Pub ging er nie mehr und stand morgens nun immer spätestens um sieben Uhr auf. Eines Tages erwartete ihn auf der Post endlich ein Schreiben von Garnier. Allein die Ankunft des Briefes deutete auf seine baldige Abreise aus Stromness hin, ganz gleich, welches Schicksal den Riesenalk nun erwartete: eine Schiffsreise nach Frankreich – lebendig in einem Käfig oder als Balg, platt gedrückt und aufgerollt wie Pergamentpapier, um später ausgestopft zu werden.

Er wollte den Brief nicht in der Poststelle lesen, in einer Atmosphäre, die dem Ernst der Situation nicht angemessen war. Als er wieder draußen in der engen Gasse stand, die so eng war wie alle Straßen in Stromness, stellte er fest, dass es schwierig sein würde, sich im Regen zu konzentrieren, und so beschloss er, schnell nach Hause zu gehen, ans andere Ende der Stadt. Doch der Brief brannte ihm ein Loch in die Tasche: Seine Geduld reichte nicht, noch so lange zu warten. Er stellte sich an eine Hauswand, die ihm vor dem Regen Schutz bot (immerhin ein Vorteil enger Gassen), öffnete den Brief und überflog ihn rasch. Garnier forderte ihn darin auf, sofort nach Lille zurückzukehren, und zwar mit dem Vogel – ob tot oder lebendig, Gus solle schauen, was möglich sei. Ein Abschnitt des Briefs war dem Prestige gewidmet, das ein Riesenalk dem Museum verleihen würde. Alle Sammlungen seien auf der Suche danach. Paris habe keinen – jedenfalls noch nicht, wie er hinzufügte –, in Frankreich gebe es bisher nur einen in Straßburg, ein Geschenk Russlands aus dem Jahr 1760, zu einer Zeit, als das Tier noch nicht so selten war wie heute. Gus faltete den Brief wieder zusammen. Das reichte, um erst einmal nach Hause zu gehen und ihn dort in Ruhe zu Ende zu lesen.

Dann würde er also bald abreisen. Er ging jetzt die lange Straße entlang, wollte die Stadt aber vom Meeresufer aus sehen und bog links ab. Da Stromness ziemlich klein war, brauchte er nur zwei Minuten. Das gesamte Städtchen ließ sich mit einem Blick erfassen. Es war wirklich winzig. Die Häuser aus tristem, rosafarbenem Granit hätten hell und frisch wirken können, doch sie strahlten nichts als Düsterkeit aus. Von der Landschaft, dem Hügel oberhalb des Hafens, auf dem nur wenige Häuser standen, ging etwas Trauriges, Enttäuschtes aus, als wüsste die Stadt selbst, dass ihr etwas fehlte. Vom ersten Tag an hatte er die Monotonie dieser resignierten, undramatischen Landschaft wahrgenommen. Er versuchte in Gedanken, sie zu verbessern. Wahrscheinlich war das Licht zu verwässert, wenn es hier ankam, dachte er, und plötzlich wusste er: Bäume waren das, was fehlte, der Wind hinderte sie daran zu wachsen.

Die Vorstellung, dass er Stromness wohl nur noch wenige Male so vor sich haben würde, machte ihn allerdings nachsichtig. Als er den Heimweg antrat, löste alles um ihn herum sogar Wehmut bei ihm aus. So langweilig war die Stadt vielleicht doch nicht. Natürlich hätten Bäume für Fröhlichkeit, Fantasie und ein Farbenspiel gesorgt, doch die spröde Nüchternheit hatte auch ihren Charme. Wenn er woanders war, würde er wahrscheinlich an Stromness zurückdenken. Er würde auch an Buchanan zurückdenken, mit dem er sich gut verstanden hatte. Im Übrigen hatte er Lust, ihm jetzt sofort einen Besuch abzustatten und ihn als Ersten über seine Abreise zu informieren; die

Grausamkeit, sich selbst einzugestehen, dass er außer Buchanan und Mrs Bridge ohnehin niemanden zu informieren hatte, brachte er nicht auf.

Er kehrte also um. Die Straße stieg leicht an; der Regen hatte etwas nachgelassen. Buchanan war zu Hause und hatte sich offenbar gerade rasiert, denn Gus bemerkte eine kleine, blutende Wunde unweit des Adamsapfels. Tatsächlich war er im Begriff, das Haus zu verlassen. Gus begleitete ihn zum Hafen. Er erzählte ihm sofort von dem Brief. Buchanan gratulierte errötend und klopfte ihm dabei auf die Schulter, wie junge Männer es tun, denn das waren sie ja beide noch.

»Sie werden mir fehlen«, sagte er, und Gus dachte, dass Buchanan ihm nicht fehlen, er sich aber freuen würde, ihn eines Tages wiederzusehen, in irgendeiner fernen Stadt, wo es warm wäre und nichts dem gleichen würde, was sie hier vorfanden.

»Ich glaube, der Riesenalk wird Ihnen mehr fehlen als ich.« Den Satz hatte Gus aus Höflichkeit gesagt.

»Ich wollte Ihnen vorschlagen, mich um ihn zu kümmern. Es ist doch idiotisch, ihn mitzunehmen – dann können Sie ihn auch gleich töten. Es wäre besser, ihn freizulassen, wir beide zusammen oder ich allein, nachdem Sie abgereist sind.«

»Das kann ich nicht! Ich muss ihn mitbringen.«

»Sie könnten sagen, er sei Ihnen davongelaufen.«

Buchanan ging schnell; es war sein natürliches Tempo. Gus fürchtete, auf der abschüssigen, nassen Straße auszurutschen.

»Ein ausgestopfter Riesenalk – wozu überhaupt? Es gibt doch schon einen in Straßburg, haben Sie eben gesagt. Und von Edinburgh bis nach London sind es wahrscheinlich sogar Dutzende …«

Sie hatten den Hafen erreicht. Schiffe löschten ihre Ladung, andere legten ab, Kinder rannten umher. Ein Mann kam auf Buchanan zu, stellte ihm eine Frage, Buchanan gab Antwort, machte eine auffordernde Handbewegung, und der Mann steuerte rasch auf die Fässer zu, die am Kai zwischengelagert waren. Buchanans Geste verblüffte Gus. Dieser zurückhaltende, feinfühlige Mensch verwandelte sich hier am Hafen in einen sehr direkten, sehr bestimmt auftretenden Mann, den man respektierte. Trotz des Lärms redete Gus weiter. Als Buchanan ihm antwortete, veränderte sich dessen Blick, und Gus schaute wieder in die Augen, die er kannte, Augen wie Tümpel, deren schlammiges Grau so gut zu Stromness passte. Gus' Anwesenheit störte den Schotten offenbar bei der Arbeit, denn er erklärte ihm, dass sie später darüber reden würden, er werde zur gewohnten Uhrzeit bei Gus vorbeikommen, und dann fügte er hinzu: »Denken Sie in der Zwischenzeit bitte über meinen Vorschlag nach. Fragen Sie sich vor allem, was es bringt, ein seltenes Tier nach Frankreich zu expedieren, wo es sich nicht mehr fortpflanzen wird.«

Noch mehr Menschen kamen, um mit Buchanan zu sprechen. Buchanan war für das geschäftige Stromness offenbar unverzichtbar.

Gus musste nicht über Buchanans Vorschlag nachdenken. Ihn umzusetzen wäre eine Pflichtverletzung gegenüber dem Museum von Lille. Er ging nach Hause, nun ebenfalls in zügigem Tempo, was bei ihm allerdings ein Zeichen von schlechter Laune war. Er achtete nicht mehr auf seine Umgebung, von Wehmut angesichts dieses feuchten Lochs war nun keine Rede mehr. Ein Mann rempelte ihn an, und Gus hatte das Gefühl, dass es Absicht gewesen war, doch es war ihm in diesem Moment nicht mehr wichtig. Endlich trat er in sein Haus, sah mit einem Blick, dass die Tür des Arbeitszimmers einen Spalt offenstand und – als er sich dem Türspalt näherte – dass Mrs Bridge vor dem Riesenalk kauerte, in der Hand etwas, das sie ihm entgegenhielt. Durchdringend starrten sich die beiden an, das fressende Tier und die alte Frau, die es aufmerksam beobachtete.

Als Gus noch einen Schritt näherkam, hörte ihn Mrs Bridge, und er sah, wie sich ihre Silhouette aufrichtete, zu ihren Füßen der Riesenalk, der erstaunt den Hals zu ihr hinstreckte. Sie strich ihre Schürze glatt und erklärte, noch ehe Gus ihr die Frage stellen konnte, dass sie in diesem Zimmer ein bisschen saubergemacht habe, es sei dringend nötig gewesen. Während sie sprach, kräuselte sich ihr verkrampftes Kinn so sehr, dass es aussah wie ein zerbeultes Sieb. Gus wirkte offenbar wenig entgegenkommend, denn sie stieg sofort auf eine andere Version des Geschehens um: Sie habe den Vogel weinen hören.

»Der Vogel hat geweint?«, wiederholte Gus misstrauisch.

»Ja, er hat geweint. Warum wundert Sie das?«

»Ich habe ihn noch nie ›weinen‹ hören.«

»Nennen Sie's, wie Sie wollen. Er ist unglücklich, so eingesperrt. Ich wollte ihn aufmuntern.«

»Ich dachte, Sie verabscheuen ihn.«

»Es gibt nichts auf dieser Welt, was ich verabscheue. Wenn Sie glauben, ich hätte Zeit für so etwas.«

Der Riesenalk rieb sich an ihrem Rock und stieß bettelnde Schreie aus. Mrs Bridge versuchte, ihn mit vermeintlich fester Hand von sich zu stoßen, doch je näher die Hand dem Tier kam, desto behutsamer und sanfter wurde sie. Mit einem Ruck riss sie sich schließlich zusammen, zuckte die Achseln, hob das Kinn Richtung Decke, verdrehte die Augen gen Himmel und verließ wie eine steife, schlecht geführte Marionette das Zimmer; den Putzlappen nahm sie mit.

Diese Schotten machten einem wirklich das Leben schwer. Jetzt erlaubte sich Mrs Bridge, Mitleid mit dem Riesenalk zu haben, nachdem sie ihn erst vor zwei Wochen am liebsten im Kochtopf gesehen hätte. Und Buchanan spielte derweil den Zoologen und vertrat Meinungen über den Umgang mit Wildtieren. Der Vogel war zu Gus' Füßen eingeschlafen oder ruhte sich, sitzend wie eine Ente, vielleicht auch nur aus. Das Tier merkte es nicht, aber Gus war ihm böse, wie er auch Buchanan und Mrs Bridge böse war, denn sie alle wollten ihm auf die eine oder andere Weise Schuldgefühle machen.

Er nahm den Brief wieder zur Hand. Garniers Erregung war darin deutlich zu spüren: Er hörte gar nicht mehr auf, Gus zu beglückwünschen. Und er unterstrich die Seltenheit des Vogels, was Gus ja, seit er sich für das Thema interessierte, von allen Seiten hörte. Eine Seltenheit, die umso problematischer war, als jedes Riesenalkpaar jährlich nur ein Ei ausbrütete, was die Erneuerung der Populationen erschwerte. Bereits im Jahr 1775, schrieb Garnier, habe der Gouverneur von Neufundland im Übrigen die Entnahme weiterer Individuen untersagt: erfolglos. Er, Garnier, hoffe deshalb, dass Gus die wissenschaftliche Bedeutung dieses in seinem Besitz befindlichen Riesenalks begreife. Es folgten die praktischen Details. Der junge Mann solle zunächst ein Schiff nach Dünkirchen nehmen – derer gebe es viele –, man werde ihm dort ein Fuhrwerk nach Lille zur Verfügung stellen. Garnier werde ein Becken bauen lassen, damit der Vogel darin schwimmen könne.

Gus legte den Brief auf seinem Oberschenkel ab; er war zu müde, um aufzustehen. Er betrachtete den Riesenalk, dessen Kopf aufrecht, regungslos und mit geschlossenen Augen zur rückseitigen Zimmerwand zeigte. Sein Körper hob und senkte sich: Er atmete, was ja nicht überraschend war, Gus aber dennoch innerlich bewegte. Der Vogel *lebte*, er hatte Reflexe wie Gus und brauchte Luft wie Gus, und sollte es ihm einmal an Luft fehlen, würde er genauso wie Gus unter den gleichen Qualen wie Gus ersticken. In gewisser Hinsicht unterschieden sie sich gar nicht so sehr voneinander. Nur dass Gus, um vollends glücklich zu sein, eine Karriere verfolgen, sich eine Zukunft aufbauen, heiraten musste. Die Welt mit ihrer reichen, aber verkannten Fauna lag vor ihm und verlangte nach Menschen wie ihm, die bereit waren aufzubrechen. Er konnte sich nicht für einen Riesenalk opfern.

»Was Sie vorhaben, ist lächerlich. Die ganze Geschichte ist lächerlich. Es wäre besser gewesen,

Sie hätten zugelassen, dass sich das Tier von den Matrosen rupfen lässt.«

Buchanan war wie immer um fünf gekommen. Er hatte recht, sie hatten alle recht.

»Suchen Sie ihm eine Gefährtin und sorgen Sie dafür, dass die beiden sich fortpflanzen.«

Wovon redete er? Wobei Gus ihn natürlich verstanden hatte, auch wenn das Geschlecht im Englischen offen geblieben war. Aber Gus war doch kein zweiter Noah.

»Warum eigentlich keinen Gefährten? Woher wissen Sie, ob es ein Männchen oder ein Weibchen ist?«

Nein, das wisse er tatsächlich nicht, antwortete Buchanan. Gus war enttäuscht, er hätte das Geschlecht des Vogels gern gewusst, aber wenn sich keine Vergleiche mit anderen Individuen anstellen ließen, waren die Unterschiede zwischen Männchen und Weibchen nicht auszumachen. Sein Riesenalk hatte die Körpergröße, die er hatte, und das war es dann auch schon.

Später, als Buchanan fort war, gingen Gus und der Riesenalk zum Strand. Seit zehn Tagen bediente sich Gus eines Ruderboots, das er gekauft hatte, um den Vogel, wenn es der Seegang erlaubte, auch im tieferen Wasser schwimmen zu lassen. Bevor er das Boot ins Wasser schob, band er das Tier an einem Holzpflock fest, den er in den Boden gerammt hatte. Dann ruderte er mit dem Riesenalk an Bord einige Meter hinaus und ließ ihn schwimmen und sich vom Boot entfernen, so weit die Leine reichte. Was brachte es, ein Tier nach Frankreich zu expedieren, das sich nicht fortpflanzen würde? Nichts. Da schwamm er, der Vogel, und war ihm vollständig ausgeliefert. Er konnte leben oder sterben, je nachdem, wie Gus sich entschied. Aber auch Gus konnte sein Leben verpfuschen oder erfolgreich gestalten, je nachdem, welches Schicksal dem Riesenalk widerfuhr.

Seit einigen Tagen riss er immer seltener an der Leine, wenn er im Wasser war. Man hätte meinen können, dass er sich auf Gus eingestellt hatte, dass ihn Gus' Gegenwart womöglich sogar beruhigte. Vielleicht konnte er inzwischen die Gefahren ermessen, die von Seeleuten und Orcas für ihn ausgingen. Oder fühlte er sich verloren und einsam? Gerade ließ er sich auf dem Wasser treiben, mit eingezogenem Nacken, aber dem Himmel entgegengestrecktem Schnabel, was seltsam und durchaus lustig aussah. Hin und wieder schaute er mit dem einen Auge, das im Profil sichtbar war, zu Gus herüber und öffnete dabei den Schnabel, als schenkte er ihm ein liebenswertes Lächeln nach Art der Riesenalken.

Wenn Gus ihn so sah oder besser gesagt, wenn er sich selbst so im Ruderboot sitzen sah, während sich der Riesenalk fünfzehn Meter weiter zufrieden und entspannt an der Wasseroberfläche treiben ließ, hatte er das Gefühl, dass sie gut aufeinander eingespielt, ja dass sie Freunde waren. Im Meer wurde das Auge des Vogels milchig, was Gus erst auffiel, seit er das Ruderboot nutzte. Er fragte sich, ob es daran lag, dass die stumpfen Farben des Himmels und des Meers, die sich auf seiner Regenbogenhaut spiegelten, ineinander verschmolzen. Es war amüsant zu beobachten: Die Trübung tauchte jedes Mal unerwartet auf. Einmal sah es so aus, als schöbe sich ein Vorhang an einer imaginären Gardinenstange über das Auge des Vogels. Hin und wieder tauchte er, wahrscheinlich verschlang er dann Fische. Wenn er wieder auftauchte, konnte Gus manchmal beobachten, wie eine Beule seinen Hals hinunterwanderte.

Sie waren schon lange dort. Gus hatte eiskalte Hände. Warum war ihm so unbehaglich zumute? Er ruderte zum Kiesstrand, band die Leine an den Holzpflock, zog das Boot an Land und setzte sich, den Rücken an das Bötchen gelehnt. Der Riesenalk kam mit gewohntem Watschelgang aus dem Wasser. Zum ersten Mal musste Gus nicht an der Leine ziehen, ihn nicht mit Gewalt einer Welle entreißen. Zunächst tappte er eher langsam voran, doch als die letzte Wasserlache hinter ihm lag, beschleunigte er seinen Schritt, der zwar schaukelnd wie immer, aber flink war, und stieß dabei einen Schrei aus, schrill und rasant wie eine Gewehrkugel, kurz gesagt einen Freudenschrei. Und schon sah Gus – als hätte ihn das Geschoss erreicht –, wie in seiner Jackenfalte, zwischen Brust und Arm, der Schnabel und dann auch der vom Wasser blank geputzte Körper des Vogels auftauchte.

Gus blieb ganz still und rührte sich nicht, um den Moment nicht zu zerstören, in dem ein Wildtier ihn möglicherweise für einen Artgenossen hielt. Er glaubte, den Riesenalk schnurren zu hören, was natürlich Blödsinn war: Riesenalken schnurrten doch nicht. Aber es ließ sich nicht leugnen, dass er ein diffuses Geräusch, eine Art Gurren von sich gab, schwächer als das Gurren einer Taube, ein gleichmäßiger, rollender, von weichen Zischgeräuschen durchbrochener Ton.

Gus hätte nicht sagen können, wie viel Zeit verstrich – waren es zwei Sekunden oder fünf Minuten? –, bis er die Hand hob und sie dem Riesenalk sachte auf den Kopf legte. Dann ließ er sie behutsam am Hals des Tieres hinabgleiten und erreichte den Rücken, den fast warmen, pochenden Rücken, eingebettet zwischen den gespreizten Flügelstummeln, die ihm erlaubten, zwei Finger in Richtung Brust zu schieben. Er unterschied nicht mehr zwischen trocken und nass, warm und kalt, nahm den Geruch des Meeres nicht mehr wahr, und die Steine, auf denen er saß, taten ihm nicht mehr weh. Ein Lebewesen hatte sich ihm geöffnet, ein Geschöpf, das er aus seinem Dasein gerissen hatte, schenkte ihm Vertrauen.

Der Riesenalk bewegte sich nicht, jedenfalls über einen gewissen Zeitraum, den Gus abermals nicht beziffern konnte. Alles war friedlich, nichts war unangenehm oder gar feindselig. Es war alles da, Fische gegen den Hunger, Wasser gegen den Durst, Wind zur Erfrischung, ein Kamin zum Aufwärmen, ein zu erforschendes Tier. Anstatt einen Vogel mit allen damit einhergehenden Risiken nach Frankreich zu schicken, hatte Gus die Pflicht, dem Lauf der Jahreszeiten folgend sämtliche Regungen und Reaktionen des Tiers zusammenzutragen. Und er glaubte, dass Garnier ihm zustimmen würde; er sah nichts, was eine Weigerung gerechtfertigt hätte.

Der Riesenalk löste sich von ihm und begann, auf den Steinen umherzulaufen. Gus betrachtete diesen Vogel, der dank ihm wohlgenährt war, dieses Geschöpf, das ihn auserwählt hatte und von ihm abhängig war. Er hätte ihn gern gerufen, hätte sich gewünscht, dass er wieder zu ihm käme oder ihm noch einmal zulächelte. Ihm fiel wieder ein, dass er nicht wusste, ob es sich um ein Männchen oder ein Weibchen handelte. Das war ihm unangenehm, er konnte die beiden Geschlechter doch nicht in gleicher Weise ansprechen. Aber sprach er ihn eigentlich an? Bisher war er nur »der Riesenalk« oder »der Vogel«, wahrscheinlich hielt er ihn deshalb auch für ein Männchen. Hätte er eine Robbe zu sich genommen, wäre das Tier in seinen Augen vermutlich ein Weibchen gewesen; und würde er Englisch mit ihm sprechen, wäre ihm die Frage vielleicht gar nicht in den Sinn gekommen.

Der Riesenalk war inzwischen stehen geblieben und hatte sich auf die Steine gesetzt, aufrecht, die Füße im Gefieder versunken, den Blick bald auf den Horizont, bald auf Gus gerichtet, als erklärte er ihm die Landschaft. Das Tier schien ihm seine Besitztümer zu zeigen, ihre unermesslichen Weiten, ihre jedenfalls für Gus unvorstellbaren Tiefen und die ganze Herrlichkeit dieses grauen Himmels, der in seinen Augen nichts als trostlos und verhangen war. Das alles gehörte dem Riesenalk oder hatte ihm gehört. Es hatte einem Riesenalk gehört, der von nun an Gus gehörte. Einem Riesenalk, der nicht irgendein Riesenalk war, sondern *sein* Riesenalk. Sein Riesenalk, mit dem er die Wellen des Meeres, die harten Steine des Ufers, die Kraft des eisigen Windes und manchmal die Wärme eines Sonnenstrahls teilte. Ein Riesenalk, dem er gern einen Namen gegeben hätte, so wie man einer Katze einen Namen gab oder einem Pferd oder einem Papagei, der ja auch ein Wildvogel war und – so wie der Riesenalk in die Meerestiefen eintauchte – über den Baumkronendächern schwebte, wo ebenfalls noch nie ein Mensch gewesen war.

Gus erhob sich. Während er auf das Tier zuging, suchte er nach einem Vornamen. Beim ersten Schritt dachte er an den männlichen Neptun; beim zweiten fiel ihm die weibliche Tethys ein; beim dritten kam ihm der geschlechterneutrale Name Dominique in den Sinn; beim vierten suchte er ein Adjektiv. Als er mit dem fünften Schritt beim Riesenalk angelangt war, hatte er die Lösung gefunden.

Er bückte sich und nahm den Vogel hoch, um nach Hause zu gehen. Von nun an würde er Prosperous heißen, weil sein wohlgenährter Bauch an *prosperity* denken ließ, Wohlstand, dieses englische Wort, das auch jeder Franzose verstand – das französische *prospérité* klang ja fast gleich –, und weil dieser Name Glück zu verheißen schien. Sein Rufname wäre Prosp, schließlich wurde er selbst auch nicht Auguste, sondern Gus genannt.

Eine Woche war vergangen. Er hatte Garnier seinen Vorschlag geschickt. Am Vortag hatte Buchanan eine Veränderung bemerkt, die Gus überraschte: Die beiden weißen Flecken vor den

Augen des Riesenalks waren verschwunden oder genauer gesagt verblasst, während sich die weißen Bauchfedern auch über einem Teil des Kopfes ausbreiteten. Er sah nun gefälliger aus. Zu Beginn ihres Zusammenlebens hatte Gus dieses Phänomen schon einmal erlebt. Buchanan und er fanden keine Erklärung dafür, außer dass es vielleicht die Begleiterscheinung eines Lebens in Gefangenschaft war oder eine jahreszeitlich bedingte Veränderung. In Wahrheit kündigte sich damit, wie Gus später erfahren würde, die Fortpflanzungsperiode an.

Die Veränderung gefiel Gus nicht; Prosp hatte nun Ähnlichkeit mit einer Gans, was ihn harmloser erscheinen ließ. Wenn Gus ihn jetzt nachts von vorne betrachtete, verschluckte die Dunkelheit den Kopf, während sich früher zwei riesige, längliche, furchteinflößende Augenlöcher in der Finsternis auftaten. Mit den weißen Flecken hatte der Vogel an eine exotische Pflanze erinnert oder an ein Stück Holz, auf dem zwei Pilze wuchsen. Vom Tag der Entdeckung an verbrachte Gus einen Großteil seiner Zeit damit, die unterschiedlichen Phasen der Veränderung in Skizzen festzuhalten. Er arbeitete für Garnier, für die Wissenschaft, aber auch für ein glückliches Leben, oder wenn nicht glückliches, so doch für Prosp und ihn akzeptables Leben.

Wobei die Vorstellung, dass ein erträgliches Leben hier in Stromness möglich war, immer abwegiger wurde. Vielleicht hörte Gus ja das Gras wachsen, aber seit der Begegnung mit Einarsson hatte er den Eindruck, dass dessen Empörung über eine in seinen Augen teure Marotte auf der Insel von vielen geteilt wurde. Diese Haltung entsprach einer in den Köpfen der Bewohner tief verwurzelten Vorstellung: Tiere hatten verkauft oder verspeist zu werden, oder sie mussten arbeiten. Vor seiner Begegnung mit Prosp hätte Gus dem im Grunde zugestimmt, allerdings mit Ausnahme der Wellensittiche und Papageien, die auf eine doch sehr poetische Weise die Innenräume schmückten. Sie hatten aber auch wirklich wunderschöne Farben, was man von Prosp nicht sagen konnte.

Wenn Gus in Stromness spazieren ging, verstummten die Leute seit einiger Zeit, sobald er näherkam. Die Frauen kniffen die Augen zusammen und warfen ihm misstrauische Blicke zu. Auf ein Gespräch ließen sie sich nur ein, wenn sie hofften, ihm etwas zum doppelten Preis verkaufen zu können. Daraus machten sie im Übrigen gar keinen Hehl und verlangten für die kleinste Kerze oder das simpelste Messer astronomische Summen, selbst wenn der Kunde vor Gus gerade den gewohnten Preis bezahlt hatte. Gus gab dann vor, es nicht zu bemerken. Vielleicht war es unklug, nicht aufzubegehren, keinen Lärm darum zu machen, doch er hatte Angst. Bald wurden einige Leute dreister und erkundigten sich bei ihm nach seinem »Tier«. Eine Antwort erwarteten sie natürlich nicht. Und in ihrem Ton lag eine leise Drohung, in jedem Fall aber Spott.

Als Gus eines Tages aus dem Gemischtwarenladen trat, lehnte ein Mann an der gegenüberliegenden Hauswand und fixierte ihn mit einer Geste, als drehte er einem Huhn den Hals um. Dann lachte er auf und entblößte eine Reihe schwarzer, verfaulter Zähne.

An Abenden, an denen Gus Gesellschaft suchte, ging er nur noch in Pubs, die von Seeleuten auf der Durchreise frequentiert wurden und wo die Männer noch nie von ihm und seinem Riesenalk gehört hatten. Er hätte sich niemals vorstellen können, dass er einmal den Hass einer ganzen Stadt auf sich lenken würde. Buchanan, der ihn als Erster vor den Matrosen gewarnt hatte, glaubte anfangs noch, es werde vorübergehen. Das glaubte auch Mrs Bridge, jedenfalls bis zu dem Tag, an dem sie damit konfrontiert war, dass jemand eine Sumpfohreule an Gus' Haustür genagelt hatte. Zitternd und nach Luft ringend stand sie davor, außerstande, das tote Tier anzufassen. Gus entfernte es und wusch sich anschließend eine halbe

Stunde lang die Hände. Angst hatte er nicht mehr. Mordlust war das, was er empfand.

Er beschloss wegzugehen. Es hatte keinen Sinn, irgendwann in den Lokalnachrichten zu enden, ob als Mörder oder als Mordopfer. Diesmal teilte Buchanan seine Meinung. Er empfahl ihm die Äußeren Hebriden, die nicht allzu weit entfernt seien, das Klima sei angenehm und er werde Gus dort gerne besuchen.

»Sie müssen natürlich in ein Dorf ziehen, kleiner als hier, irgendwohin, wo Sie niemanden stören.«

»Sie meinen, wo Prosp niemanden stört …«

»Genau das meine ich. Die Gegend dort ist ziemlich arm, es dürfte kein Problem sein.«

Er musste sich organisieren. Garnier hatte ihm nicht geantwortet, er stand also – bis auf die für seine Rückkehr nach Frankreich vorgestreckte Summe, die er unbedingt aufheben wollte – ohne Geld da. Er sah sich gezwungen, seiner Mutter zu schreiben. Die Rente der alten Frau war alles andere als üppig, doch Gus bat sie wenigstens für ein paar Monate um Hilfe. Natürlich versprach er ihr, alles zurückzuzahlen. Er müsse ein großes Projekt erfolgreich zu Ende führen, das ihm später viel einbringen werde, auch in Sachen Bekanntheit. Selbst wenn sie sich erst in einiger Zeit wiedersehen würden, müsse sie ihm vertrauen:

Die Mütter aller großen Forscher und Entdecker verlören ihre Kinder aus den Augen und warteten an der Kaimauer jahrelang auf ihre Rückkehr. Er wusste, dass diese reizende Frau, die ihn liebte und bewunderte, nicht zögern würde, sich für ihn zu opfern, wenn es denn sein musste. Und wenn er ihr gegenüber von Rückzahlung und Ruhm sprach, war es ihm damit im Übrigen durch und durch Ernst.

Er begab sich auf die Suche nach einer Möglichkeit, sich zu den Hebriden einzuschiffen. Derer gab es nicht viele, und so dachte er über Kanada nach. Er fand ein Schiff der Hudson's Bay Company, das in etwa zwei Wochen neben den Waren auch schottische Auswanderer mitnehmen würde.

Buchanan und er diskutierten ganze Nachmittage lang. Manchmal hatte Gus das Gefühl, dass Buchanan ihm gern gefolgt wäre, aber nicht den Mut aufbrachte, alles hinter sich zu lassen. Sie redeten über Prosp, beobachteten Prosp, zeichneten Prosp. Ausgehend von ihren Beobachtungen entwickelten sie Theorien über Riesenalken und Wildtiere im Allgemeinen. Stundenlang diskutierten sie darüber, was domestizierte Tiere ausdrückten und zu erkennen gaben. Beide kannten Beispiele von außergewöhnlich treuen Hunden; Gus erinnerte sich daran, dass Rousseau nach dem Tod seines Hundes am Boden zerstört war. Nach und nach übertrugen sie diese Betrachtungsweisen von den Haustieren auf den Riesenalk und begannen schließlich, über die großen Wildtiere Afrikas und Indiens zu sinnieren. Es stimmte schon: Was wusste man eigentlich über das Familienleben des Tigers? Oder über die Gründe, warum Elefanten in Gruppen lebten?

Buchanan, der noch nie eine Giraffe gesehen hatte (Gus schon, in Paris), konnte sich einfach nicht vorstellen, wie sich so ein Tier fortbewegte. Gus bemühte den Vergleich mit einem Schilfrohr, worauf Buchanan einen Grashalm im Wind vor sich sah, dessen Bewegungen er auf die vor ihm liegende Abbildung des Tiers projizierte, und schon begann es, in seiner Fantasie auf sich biegenden Beinen umherzuschwanken, bis es die Form eines riesigen Reihers annahm. Er ahnte, dass er damit weit von der Wirklichkeit entfernt lag. Gus wiederum gelang es nicht, sich ein Rhinozeros vorzustellen. Trotz präziser Beschreibungen, die er gelesen hatte, war es in seinem Kopf mit einem Schildkrötenpanzer ausgestattet, er konnte nicht anders. Es störte ihn, dass er weder das Gewicht des Tiers noch die Menge an Luft einschätzen konnte, die es beim Gehen bewegte. Gus' Fingerkuppen waren leicht gereizt, was daran lag, dass er Prosp häufig berührte und den Eindruck gewonnen hatte, dass es von wesentlicher Bedeutung war, sich ein Tier zu ertasten, ja, dass es, wenn man die Dicke der Haut, der Haare oder die Länge der Federn nicht kannte, unmöglich war, ein Tier zu verstehen. Buchanan und er verfassten lange Berichte über alles, was sie von ihren Studien an Prosp ableiten und auf die Beobachtung anderer Lebewesen übertragen konnten.

Und so bewunderten sie gemeinsam die enorme Fülle an Leben auf dieser Erde. Das Wunder des unendlichen Formenreichtums, der offenbar einer unsichtbaren Ordnung folgte, erschien ihnen, je länger sie darüber nachdachten, immer unglaublicher und geheimnisvoller. Doch es war nicht mehr das Mysterium, das zu ehren und zu preisen man sie als Kinder gelehrt hatte; es war noch seltsamer und noch schwindelerregender als die Vorstellung, dass in jedem Ding der göttliche Gedanke am Werk war. In allem, was sie sahen, wirkte eine innere Mechanik mitsamt ihren Ursachen und Folgen, die zu anderen Ursachen und anderen Folgen führten, was immer so weiter ging, wie die Wissenschaft zeigte, ohne es jedoch erklären zu können: eine Welt mit ihren eigenen Regeln, ähnlich den Regeln der Chemie, genauso logisch wie Wasser, das sich in Dampf verwandelte, wenn es kochte, oder wie ein Gegenstand, der zu Boden fiel, wenn man ihn losließ. Eine autonome Ordnung, die mit der Existenz von Arten und vielgestaltigen Pflanzen einherging, etwas, das aus sich selbst heraus lebte und doch permanenten Einflüssen ausgesetzt war. Nur dass Gus und Buchanan die Regeln nicht kannten und sich manchmal fragten, wie viele Jahre es gebraucht hatte, bis Prosps Vorfahren eines Tages mit Flügeln erwachten, die zum Fliegen nicht mehr taugten.

»Wir sollten nach einer Gefährtin für Prosp suchen«, erklärte Buchanan eines Abends.

Er hatte *companion* gesagt. Wieder machte es die englische Sprache Buchanan möglich, die heikle Frage, welchen Geschlechts das gesuchte Tier sein sollte, nicht explizit anzusprechen.

»Prosp ist doch Priester, er trägt ja sogar das Gewand«, erwiderte Gus.

»Ist es Ihnen denn nach allem, worüber wir gesprochen haben, nicht unangenehm, ihn von seinen Artgenossen zu trennen?«

»Sie haben es doch selbst gesagt: Wenn ich ihn jetzt im Stich lasse, hat er größere Chancen, sich in einem Kochtopf wiederzufinden, als friedlich brütend auf einem intakten Ei zu sitzen.«

Rote Flecken breiteten sich bis zum Halsansatz auf Buchanans Wangen und sogar seiner Stirn aus, wo sie die Form einer flachen, aber ausgedehnten Quaddel annahmen.

»Das ist nur meine persönliche Meinung«, fügte Gus hinzu, »ich sage das nicht, um Sie zu ärgern. Es ist komisch, wie sehr Sie die Frage nach einer Gefährtin beschäftigt.«

Noch mehr Blut schien in Buchanans Gesicht zu strömen, das Gus nun lustigerweise an eine alte Seekarte erinnerte, auf der links und rechts der Nase zwei relativ große Kontinente einander gegenüber lagen, das Ganze überragt von einem Pol, der sich oben am Haaransatz positioniert hatte.

»Ist alles in Ordnung?«, fragte Gus vorsichtig nach.

»Ich werde heiraten. Ich meine, vielleicht ist das der Grund, warum ich die … Einsamkeit von Prosp anspreche.«

Er war ganz offensichtlich nicht in der Lage, das Wort »Sexualität« auszusprechen.

Die Neuigkeit hatte eine seltsame Wirkung auf Gus: Er kam sich plötzlich lächerlich vor mit seinen Arbeitsheften zur Methodologie des Studiums von Tieren. Als hätte ein Freund, der gerade seinen siebten Geburtstag gefeiert hatte, unter dem Vorwand, nun das Alter der Vernunft erreicht zu haben, ihn, den Sechsjährigen, mit dem Spielzeug allein gelassen, das ihm gestern selbst noch Freude bereitet hatte. Es war sonderbar, aber Gus fühlte sich verraten, alleingelassen mit Prosp und ihrem vermeintlich gemeinsamen Abenteuer. Nach einigen Sekunden des Schweigens gratulierte er Buchanan. Was hätte er auch sonst tun sollen?

»Dann besuchen Sie uns natürlich in Kanada!«, sagte er und verlieh seinem Satz zum Ende hin einen angestrengt melodiösen Klang.

Es war der Lauf der Dinge: Hochzeit, ein bürgerliches Leben, sehr wahrscheinlich Kinder. In Wahrheit hatte Gus nie vorgehabt, mit Buchanan und Prosp ans Ende der Welt zu gehen, auch wenn es schön gewesen war, sich ein unkonventionelleres Leben für den Schotten auszudenken und ihn zu einem absonderlichen Bruder im Geiste zu machen. Vor Erleichterung schon wieder erblassend, versicherte ihm Buchanan, dass er kommen und ja, ihn besuchen werde. Dann fügte er hinzu, dass auf dieser Welt jeder dem von der Natur vorgegebenen Schicksal folgen müsse, er selbst genauso wie eines Tages auch Gus und bald schon Prosp. Auch sie müssten sich vermählen. Worauf er wieder errötete.

Nachdem Buchanan gegangen war, lief alles so ab wie immer: die Leine, der Pflock, das Boot, das Meer, die Rückkehr zum Strand, wieder der Pflock, Gus, der das Boot hochzog. Dann plötzlich ein Aussetzer oder besser gesagt ein schwarzes Loch, jedenfalls etwas Angsteinflößendes und Schmerzhaftes am Kopf, dazu ein Sturz und am Boden ein Stein, gegen den seine Schulter prallte. Er hatte das Gefühl wegzudämmern, keine Luft zu bekommen, es war ermüdend. Er versuchte, sein Bein zu bewegen, aber es war so schwer, dass ihm dies nicht gelang, und als er seine Hand an die Stirn heben wollte, rührte sie sich nicht. Seine Gedanken schweiften, abstrakte Bilder reihten sich aneinander: Schläuche, die sich in seinem Gehirn verknäulten, ineinander verdrehte Venen, die in seinem Hals pochten. Schließlich öffnete er die Augen, und als könnten sie mit einem Mal hören, hallten plötzlich Prosps panische Schreie in seinem schmerzenden Schädel wider.

Der Mann rannte über den Strand. Ein Ohr blutete, und er hielt das Tier mit gebeugtem Oberkörper an sich gepresst, um sich vor den Schnabelbissen zu schützen. Was ihm nicht gelang. Es ist praktisch unmöglich, ein Tier festzuhalten, das sich wehrt, als hinge sein Leben davon ab – dabei wollte der Mann es offenbar nicht töten, sonst hätte er es ja längst getan. Er stolperte. Gus, immer noch mit offenen Augen auf dem Boden ausgestreckt, vermutete, dass es Einarsson war. Er erkannte seine Matrosenjacke und das glatte braune Haar. Prosp konnte seinen Armen entwischen und rannte – plötzlich geschmeidig und flink – erst auf das Ruderboot, dann die Richtung wechselnd aufs Ufer zu, die Brust voran, der Bauch hintendrein, laut schreiend. Einarsson verstand sich darauf, Riesenalken zu töten, aber ein blindwütiges, beißendes, kratzendes Exemplar einfangen, ohne es umzubringen, das konnte er nicht. Dennoch nahm er die Verfolgung auf.

Gus hatte es in den Vierfüßlerstand geschafft. An die Wand des Ruderboots gelehnt versuchte er, auf sein rechtes Bein gestützt aufzustehen, und fiel wieder hin. Als er sich erneut aufrichtete, war von Prosp keine Spur mehr zu sehen. Alles schien rissig vor seinen Augen, als stünde er vor einer gesprungenen Fensterscheibe. Links von ihm lief Einarsson vor den Felsen hin und her. Auf das Ruder gestützt wie auf einen Gehstock bewegte sich Gus auf ihn zu. Wahrscheinlich hatte er bis zu diesem Moment noch nie Hass gegenüber einem anderen Menschen empfunden.

Es war nur ein leises, dumpfes Geräusch, als das Holz den Schädel traf. Schon lag Einarsson in einer Wasserpfütze vor den Felsen, sein Mund Richtung Himmel gewandt. Das eingerissene Ohrläppchen begann wieder zu bluten. Als Gus dann Prosp aus einer Felsspalte auftauchen sah, in der er sich versteckt hatte, ging auch er – in einigem Abstand zu dem Matrosen – rücklings zu Boden.

Es war der Riesenalk, der Gus wachrüttelte. Er biss ihn, ohne ihm wehzutun, ganz sachte in die Nase, kniff nur hinein und schnürte ihm eine Weile die Luft ab. Tatsächlich war Luftmangel das, was Gus aufwachen ließ. Am nächsten Tag würde er dort, wo der Vogel zugekniffen hatte, zwei kleine blaue Flecken entdecken. Aus seiner Lethargie gerissen fing Gus, der immer noch nicht als polizeilich gesuchter Mann enden wollte, sofort an, sich Gedanken über Einarsson zu machen. Tot konnte er eigentlich nicht sein, denn es gab keine Spur eines Leichnams. Es sei denn, das Meer hatte ihn hinausgetrieben, was allerdings recht unwahrscheinlich war.

Prosp und er blieben noch eine Weile am Meer, regungslos und ohne sich zu berühren, Gus liegend, den Blick zum Himmel, der Vogel stehend, die Augen auf den Horizont geheftet. Gus wusste, dass er keine andere Wahl hatte, als am nächsten Tag abzureisen. Er lief sogar Gefahr, sich sein Reiseziel nicht aussuchen zu können. Und so kam es, dass er auf die Färöer-Inseln fuhr, wo er nie hingewollt hatte.

II

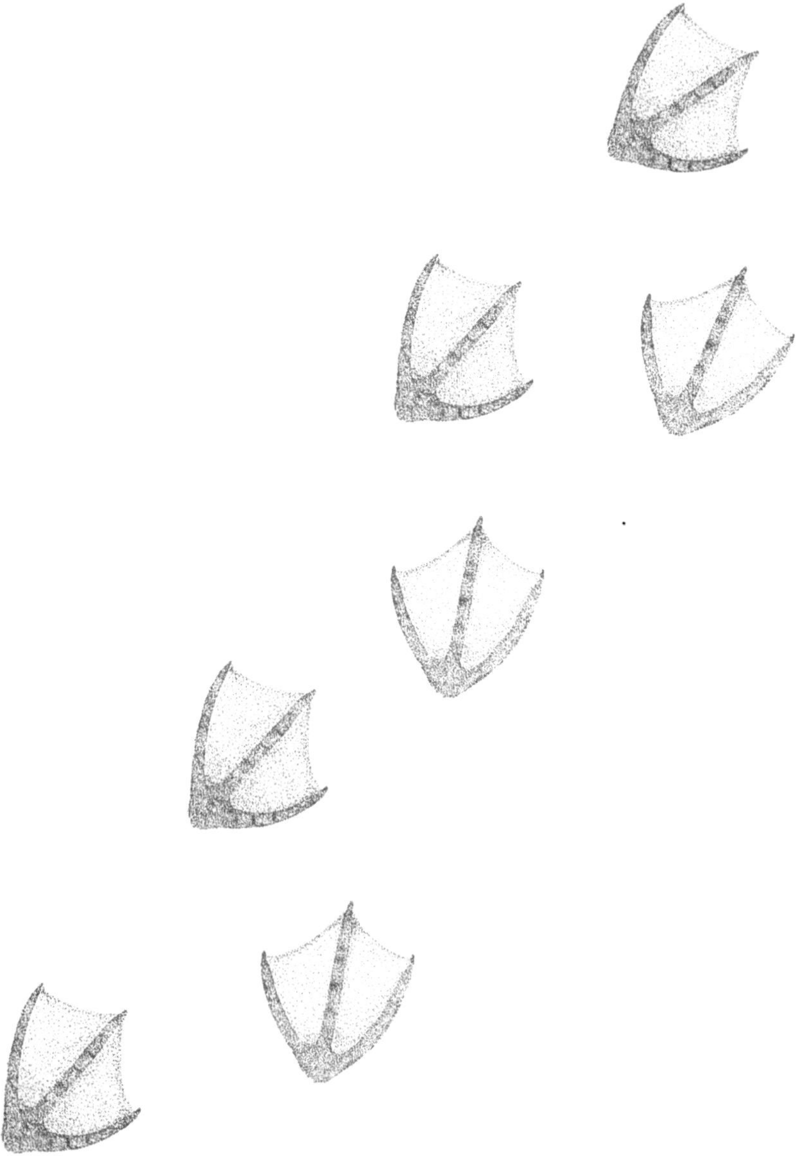

ER LERNTE, Walfischfleisch zu essen, und durchstreifte an der Seite von Schafen diese dunkle, grüne, ernste Landschaft. Er war mit Booten unterwegs und sah eines Tages zu, wie ein Orca vor dem Strand eine Robbe verschlang. Er dachte, dass diese Robbe auch Prosp hätte sein können, wenn er denn frei gewesen wäre, wenn er nicht ihm gehört hätte.

Er hörte nicht auf, Prosp zu beobachten, Prosp zu zeichnen, über Prosp zu schreiben. Was auch immer sein Tier tat, es wurde erfasst, eingeordnet, archiviert. Er wusste mehr über Riesenalken als irgendein anderer Mensch in dieser Welt des Jahres 1836. Er schickte Garnier Briefe und informierte ihn. Garnier hatte sich mit dieser Lösung abgefunden. Es gab nun einmal keine Menagerie in Lille, und Gus hätte niemals eingewilligt, seinen Riesenalk dem Jardin des Plantes in Paris zu geben.

Seit seiner Ankunft hatte Gus sich verliebt, geheiratet und betrachtete sich nun als einen Mann der Faröer-Inseln. Elinborg, seine Frau, passte mit ihm auf den Riesenalk auf. Gus meinte, weder sie noch ihn ganz zu verstehen, den Vogel nicht, weil er ein Vogel war, und seine Frau nicht, weil sie Dänisch sprach, er die Sprache aber noch nicht vollständig beherrschte und sie zudem den lokalen Dialekt verwendete, den er nur radebrechen konnte. Im Übrigen war Elinborg ein Teil dieses Landstrichs, der letztlich genauso exotisch war wie Amazonien, denn der endlose Himmel und das endlose Meer hatten, so dachte er, sicher eine ähnlich beklemmende Wirkung wie ein Dschungel, von dem man ja auch nicht weiß, wo er aufhört. Manchmal betrachtete er Elinborg, wenn sie schlief. Sie war kräftig und schön, ihr Haar so fein wie Prosps Federn, aber gelb wie das Gefieder eines Kanarienvogels; unterhalb ihrer frei liegenden Schulter hielt sie mit einer Hand das Laken fest, ihr Handteller rot, während der Handrücken so weiß wie ihr ganzer Körper war, nur im Sommer kupferfarben, wahrscheinlich wegen des Windes.

Wenn sich ihr Schmollmund im Schlaf entspannte, war sie der verletzlichste, aber auch in sich ruhendste Mensch, den er je gesehen hatte. Er fragte sich, wovon sie träumte und welche Landschaften ihre Fantasie hervorbrachte, denn sie hatte doch nie etwas anderes gesehen als steile Felswände über kaltem Wasser, in das sie keinen Fuß hineingehalten hätte, oder grasbewachsene Hügel, die dem Auge keinerlei Abwechslung boten. Was ein Wald war oder auch nur ein Baum, wusste sie nicht, denn Bäume gab es auf der ganzen Inselgruppe nicht. Und nun hatte sie Tórshavn, diese winzige, aber einzig größere Stadt der Insel, für ein Dutzend Häuser umfassendes Dorf verlassen oder anders gesagt für Gus – und für Prosp. Inmitten eines eingezäunten Terrains hatten sie gemeinsam ein Becken gebaut, obwohl hier direkt vor dem Haus, direkt vor jedem Haus der Strand lag, wohin Gus abends wie gewohnt mit dem Riesenalk ging, damit er schwimmen konnte.

Der Sand war schwarz und angenehmer als die Steine auf den Orkney-Inseln. Jedes Mal, wenn Gus über diesen dunklen, fast ölig wirkenden Boden ging, dachte er an Elinborg, die niemals wissen würde, wie eine Küste in Frankreich aussehen konnte, etwa in Dünkirchen, wo er den Strand gesehen hatte, der so hell war und manchmal tagelang im Licht des blauen Sommerhimmels leuchtete. Diese Realität war seiner Frau völlig fremd. Seit einigen Monaten watschelte Prosp vor oder hinter Gus den Strand entlang, jeder in seinem Tempo, bis der Vogel irgendwann in die Wellen eintauchte. Er kannte Landschaften und Naturgewalten, von denen Gus nichts wusste, kannte die Tiefen des Ozeans, die Schatten der Wale, die Heringsschwärme, die Sturmböen, alles Dinge, die Elinborg wiederum vertrauter waren als ihrem Mann. Wenn Prosp tauchte und schwamm, überwachte Gus ihn kaum noch. Er schlief ein oder las in einem Buch, die Leine um den Knöchel gebunden, mit dem Rücken an den Damm gelehnt, wo das Gras anfing. Um sich vor dem Regen zu schützen, während er auf die Rückkehr seines Tiers wartete, rammte er Holzpflöcke in den Boden und spannte eine Plane darüber.

Manchmal fragte er sich, ob Prosp in seinen Augen überhaupt noch ein Riesenalk war, ein Vogel, eine geheimnisvolle, fremde Kreatur, die ihn im Übrigen genauso wenig verstand wie er sie – auch wenn Gus tiefe Einblicke in die Morphologie und die Ausdrucksformen dieses Tieres gewonnen hatte. Er kümmerte sich so intensiv um ihn; manchmal hatte er das Gefühl, dass sie ineinander übergingen, dass der eine die Verlängerung des anderen war. Mit diesem kniehohen gefiederten Fortsatz unterwegs zu sein, war für Gus so selbstverständlich geworden wie das Tragen eines Huts. Und diesem an Land so unbeholfenen Vogel ein »Los, komm!« zuzurufen, war inzwischen so normal, wie Elinborg die Tür aufzuhalten, wenn sie das Haus verließen.

Der Gedanke kam ihm selbst lächerlich vor, aber er glaubte, dass er sich das Denken und Fühlen eines Riesenalks angeeignet hatte. Noch nie hatte er sich darüber mit jemandem ausgetauscht, nicht im direkten Gespräch und schon gar nicht brieflich, aber er glaubte, spüren zu können, was Prosp spürte. Wenn Prosp wütend war, äußerte sich seine schlechte Laune darin, dass er einfach nur dastand, regungslos, die Füße fest im Boden verankert, die Augen halb geschlossen, was ihm die allwissende Aura eines rachsüchtigen Totems verlieh. Und so sehr Gus auch versuchte, ihn mit freundlichen Worten zu beschwichtigen, der zornige Vogel rührte sich nicht. Wenn Gus dann trotz allem sein Skizzenbuch zückte, entpuppte sich die sakrale Pose des Tiers als auffallend uninteressant, und Gus war sich sicher, dass Prosp absichtlich wie versteinert dastand. So wie ein zur Strafe aufs Zimmer geschicktes Kind sich *auch noch* weigert, zu essen, was man ihm auf einem Tablett gebracht hat. Wenn Gus, um ihn umzustimmen, das Törchen des Geheges öffnete und den Weg zum Strand einschlug – hin zu dem verlockenden Bad im Meer – wandte ihm der Vogel nur voller Verachtung den Kopf zu, als hätte er in seinem ganzen Leben noch nie etwas so Absurdes gesehen.

Woraufhin er in langsamer, müder, nein, herablassender Haltung ebenfalls den Weg zum

Strand einschlug, mit aufgerichtetem Hals, den Schnabel aber nicht wie sonst fröhlich gen Himmel gestreckt, sondern stolz nach vorn gerichtet. Er konnte ja nicht wissen, dass sein schaukelnder Gang, der durch die steife Haltung noch tollpatschiger wirkte, so lustig und gutmütig aussah, dass Gus sich fast gewünscht hätte, Prosp würde die schlechte Laune möglichst lange beibehalten. Doch schon eine Minute später hatte den Vogel angesichts des Meeres die Aufregung gepackt, und alles andere war vergessen.

Eines Morgens – es war der zweite Juli, den Gus auf den Faröern erlebte – brach Prosp in lautes, anhaltendes Geschrei aus. Zuerst vermutete Gus, dass ein Adler über dem Gehege kreiste, was Prosp jedes Mal so in Panik versetzte, dass er in die Scheune flüchtete. Doch an diesem Tag versteckte er sich nicht, sondern schlug wild mit den Flügeln oder spreizte sie genauer gesagt vom Körper ab und bewegte sie dabei hektisch vor und zurück. Wie ein Wolf, der seine Artgenossen ruft oder warnt, legte er dabei den Kopf in den Nacken und schrie die Wolken an. Dabei zog sich seine ohnehin schmale Brust zusammen, und Gus hatte schon Angst, er könnte ersticken.

Als der Vogel ihn sah, rannte er auf Gus zu, versetzte seiner Wade einen Schnabelhieb und lief weiter durch das Gehege. Gus versuchte, ihn festzuhalten, doch es gelang ihm nicht: Prosp schnappte nach ihm. Alles war ruhig, keine auffälligen Geräusche, kein Raubvogel am Himmel, kein Walfisch am Horizont, nicht einmal ein lärmendes Kind in der Nähe (Prosp konnte Kinder nicht leiden). Schon näherte sich ein Nachbar, wahrscheinlich durch die Schreie angelockt und vor allem verärgert. Gus entschuldigte sich, und der Nachbar, Jakupsson, der einzige Seemann in diesem Dorf von Bauern, sah ihn stumm an, entgeistert über so viel Hilflosigkeit. Dann trat er schulterzuckend einige Schritte zurück und beobachtete weiter die erfolglosen Versuche seines Nachbarn, den Riesenalk zu beruhigen. Die Färinger waren, das hatte Gus inzwischen bemerkt, wenig geneigt, anderen zu helfen, wenn deren Verhalten in ihren Augen eine Macke war oder ein verschwenderischer Umgang mit Energie oder Geld.

Unterdessen schrie Prosp immer weiter, und Gus rannte weiter hinter ihm her. Jakupsson starrte den Riesenalk an, ihm entging nichts. Als Gus ihn gereizt aufforderte, vielleicht einfach zu helfen, machte Jakupsson zum ersten Mal den Mund auf: »Du solltest ihn von der Seite nehmen und am Hals packen. Die können keine Haken schlagen.«

Gus hatte genug Dänisch gelernt, um das Gröbste zu verstehen, zumal eine anschauliche

Geste Jakupssons Rat begleitet hatte. Was ihn ärgerte, weil sich Jakupssons Hilfe offensichtlich darauf beschränken würde, er sah sich wohl nicht in der Pflicht, hinter dem Vogel herzurennen und zu zeigen, was er gemeint hatte. Resigniert verzichtete Gus auf weitere Fangversuche.

»Ist ein komisches Tier«, sagte der Färinger. »Ich habe auf See einige von denen gesehen, ist lange her. Ich glaube, ich habe sogar mal einen gefangen. Angeblich sind es ja Hexen, vielleicht sieht man deshalb auch keine mehr.«

»Aber Prosp ist da. Außerdem habe ich um Island rum noch mehr gesehen.«

»Trotzdem, angeblich findet man keine mehr. Ich wusste nicht, dass sie so lange an Land leben können.« Jakupsson bekräftigte seine Feststellung mit einem Nicken.

»Warum denkst du, dass es Hexen sind?«

»Wenn man auf hoher See einen fängt, ruft er den Sturm herbei. Wenn man an Land einen fängt, kann er nichts machen. Deshalb gibt's jetzt keine mehr. Man hat an Land alle fangen können, und jetzt gibt's auch keine Hexen mehr.«

Von dieser Hexengeschichte hatte Gus schon gehört. Plötzlich machte ihm die friedliche Stimmung – am Himmel kein Adler in Sicht, das Meer vollkommen still – in Verbindung mit Prosps wildem Geschrei Angst.

»Ich glaube nicht, dass deiner eine Hexe ist. Der ist doch eher wie ein Huhn oder meinetwegen ein Hahn, ohne dich beleidigen zu wollen. Aber ich würde schon sagen, dass er der letzte ist, den ich in meinem Leben zu sehen kriege …«

Prosp rannte immer noch durch das Gehege, war aber langsamer geworden und blieb schließlich erschöpft stehen. Schulterzuckend wandte sich Jakupsson ab, als wäre die amüsante Vorstellung einer Wanderbühne nun zu Ende. Er tippte zum Abschied mit dem Daumen an seine Mütze, und Gus tat dasselbe, während sich der Rücken des Nachbarn bereits entfernte. Nun war er wieder allein mit einem Tier, das offenbar gerade seine Kräfte sammeln wollte.

Eine Stunde später wusste Gus, was Prosp lange vor ihm bereits gehört oder geahnt hatte. Der ganze Hügel war jetzt Schauplatz eines vielstimmigen Gebrülls – jetzt allerdings ohne Beteiligung des Riesenalks, der sich still und leise in die Scheune zurückgezogen hatte. Mit bloßen Händen wurden den Schafen Wollbüschel ausgerissen, an denen noch blutige Fleischfetzen hingen: Oben auf dem Hügel hatte die alljährliche Schafschur begonnen. Es regnete Wollflocken auf das Dorf. Ein Windstoß wehte Gus eine davon ins Genick. Von Weitem sahen sie aus wie die flaumigen Köpfe der Pusteblumen, doch als Gus das feste, klebrige

Ding aus seinem Nacken entfernte, waren Hals und Kragen rot verschmiert.

Plötzlich schien sich auch das Meer an manchen Stellen rot zu färben. Gus hätte sich am liebsten mit zugehaltenen Ohren auf den Boden geworfen, wie man es tut, wenn ein Kanonenschlag droht. Die Berührung mit dem blutigen Fleisch eines lebendigen Schafs erfüllte ihn mit solchem Ekel, dass sich ein Geschmack von Verwesung in seinem Mund ausbreitete. Die Frage, wo Elinborg in diesem Moment war, stellte sich nicht: Sie war sicher im Haus und räumte ungerührt auf. Niemals, dachte Gus, würde er ein auf dieser Insel hergestelltes Wolltuch kaufen. Er nahm es seiner Frau übel, dass sie in diesem barbarischen Land geboren war, und wahrscheinlich noch mehr, dass ihr diese Barbarei nicht einmal bewusst war, denn er unterstellte ihr, dass auch sie etwas Brutales, Barbarisches in sich hatte, wenn auch auf einer vegetativen Ebene. Im letzten Jahr hatte die Schur – denn so musste man es trotz allem ja nennen – anderswo stattgefunden, weiter weg, an dem Ort, den die quasi in Freiheit lebenden Schafe gewählt hatten, um dort zu grasen. Er fragte sich, was er nächstes Jahr tun würde, damit Prosp und er nicht hier wären, wenn die Schur wieder begann.

Am Abend wurde es still. Seit einigen Stunden war Gus bei Prosp in der Scheune. Es war noch hell. Unglaublich, aber wahr: Die Schafe hatten sich beruhigt und blökten leise vor sich hin. Elinborg rief zum Strand hin nach Gus, weil sie ihn und Prosp dort vermutete, denn es war Badezeit. Aber Prosp hatte sich Gus den ganzen Tag nicht genähert. In einer Ecke, hinter einem Schrankkoffer versteckt, sah Gus seine glänzenden Augen. Das Misstrauen war wieder da; wahrscheinlich hatten ihn die Menschen enttäuscht. Gus versuchte nicht, ihm näherzukommen. Er verstand ihn. Mehr noch als das: Er teilte seine Meinung.

Er hatte Elinborg, dieses fröhliche junge Mädchen, sofort geliebt. Gleich als er sie zum ersten Mal sah, in Tórshavn, im Haus ihres Onkels, eines Beamten, bei dem sie lebte und sich zusammen mit ihrer Tante um die Kinder kümmerte, während sie vermutlich darauf wartete, einen Ehemann zu finden. Bei Tisch, im Familienkreis, schaltete sie sich unentwegt in die Gespräche ein, stellte Fragen, horchte Gus über Frankreich, das Museum, ja eigentlich alles aus, was man sich nur vorstellen konnte, wenn es ihr nur die Gelegenheit gab, ihre Stimme zu erheben, die Augenbrauen hochzuziehen oder ihre Stirn in Falten zu legen, denn es fehlte ihr in allem an Übung. Ihre Eltern waren Bauern, was auf diesen öden Inseln das Beste war, was man tun konnte.

Die Stadt war ziemlich trostlos und arm, die Straßen so eng, dass zwei Pferde nicht aneinander vorbeikamen, die Häuser – bis auf das Regierungsgebäude – zusammengehämmerte Hütten, durch die der Wind blies. Die Menschen waren freundlich und schön. Nach zehn Tagen liebte Gus diesen Ort, der ihm bei seiner Ankunft so abscheulich erschienen war. Er wusste nicht recht, was genau den Zauber ausmachte, er vermutete, dass es die dramatische, atemberaubende Landschaft war oder vielleicht auch alles zusammen, diese Mischung aus Schroffheit und Generosität, dieses Gefühl, dass die Bewohner eins waren mit den kargen, weiten Ebenen und dem starren Gestein.

Ein Mann hatte ihm allen Ernstes erzählt, dass seine Familie von einer Robbe abstammte. Das sei allgemein bekannt: Einer seiner Vorfahren hatte am Strand gesehen, wie sich eine Robbe in eine Frau verwandelte. Sofort verliebte er sich in sie, kam ihr zu Hilfe und schloss die Robbenhaut, die sie am Meeresufer zurückgelassen hatte, in einer Truhe ein. Die beiden heirateten, bekamen Kinder. Als der Urahn eines Tages zum Fischen hinausgefahren war, fiel ihm ein, dass er den Schlüssel der Truhe zu Hause gelassen hatte, doch es war zu spät. Seine Frau fand ihn, nahm die Haut an sich, schlüpfte hinein und verschwand wieder im Meer. Das alles hatte der Mann ganz normal erzählt, so wie man darüber spricht, dass die Tochter gerade geheiratet hat oder der Vater in Tórshavn ein Geschäft führt. Gus hatte die Geschichte den Atem verschlagen. Er hatte sich gefragt, ob sie ihn wegen Prosp oder wegen Elinborg so berührte.

Kurz nach ihrer Hochzeit waren sie ins Dorf von Elinborgs Familie gezogen. Wie ein leuchtender Stein hob sich Elinborgs weißes Mondgesicht dort von dem vulkanischen Boden ab. Gus hatte das Gefühl, dass ihm mit ihr ein intelligenter Kobold über den Weg gelaufen war, wie alle Kobolde zu Späßen aufgelegt, aber dennoch verlässlich. Er war fest davon überzeugt, dass sich Elinborg mitten in einem Sturm an den Rand einer Steilküste stellen könnte; ihre Röcke würden wild flattern, Windstöße an ihren Haaren reißen, aber sie selbst, die Beine, die Arme und der aufrechte Oberkörper, würde sich nicht bewegen. Sie hatte breite Hüften, und auch das liebte er an ihr. Nachts legte er im Bett seine Hand darauf und schlief an ihr Gesäß geschmiegt, das kräftiger war als seins und ihn beschützte.

Mehrmals im Jahr gab es im Dorf ein Fest. Dann tanzten die Leute einen langsamen Reigen und spielten zu einer Melodie, die aus wenigen Modulationen bestand, alte Legenden nach. Ihre Stimmen hatten einen mäandernden, metallischen Klang.

Er hatte sehr schnell wieder begonnen zu arbeiten. Garnier wollte, dass er neben seinen Notizen über den Riesenalk auch die Flora und Fauna des hohen Nordens erforschte. In etwas weniger als zwei Jahren hatte Gus in Fachzeitschriften recht viel publiziert – über Papageientaucher und Delphine, über die kleineren Tordalken, die fliegen konnten, und die Riesenalken, deren Flügel verkümmert waren. Nicht oft, aber doch hin und wieder wurde er zu wissenschaftlichen Kolloquien eingeladen. Er trennte sich nur ungern von Prosp und Elinborg. Ohne die beiden fühlte er sich auch körperlich seltsam reduziert, als wäre seine ganze Person nur eine ungelenke Skizze. Wenn er fern von den beiden war, klebte etwas Ungenaues, Hingepfuschtes an jedem seiner Schritte; er empfand sich als unfertig. Seine Anknöpfkragen kratzten und schnürten ihm den Hals zu, und die Frauen, denen er begegnete, fand er langweilig und affektiert verglichen mit Elinborg, die trotz ihrer Röcke hinter einem Schaf den Hügel hinabrennen konnte und sich mit Gus über die Veränderlichkeit der Arten unterhielt, als hätte sie Lamarck gelesen.

Und so musste er also in diesem Herbst nach Dänemark reisen. An der Kopenhagener Universität traf er einen Mann, der sich in Norwegen eine private Menagerie gebaut hatte. Krøyer, kaum älter als Gus, war schon viel gereist. In

Erwartung eines Stipendiums bereitete er sich nun darauf vor, die Küsten Jütlands zu befahren, um dort sämtliche Fischarten in dänischen Gewässern zu erfassen, was Gus' Studien ähnelte. In Kopenhagen sprach Gus wieder Französisch, alle sprachen Französisch. Er war etwas aus der Übung gekommen, jedenfalls wenn er die Stimme hob. Hier wurde ihm erst bewusst, wie sehr die Anstrengung, die ihm das Dänische abverlangte, seine Kehle ermüdet hatte. Wenn er Französisch sprach, schien seine Stimme plötzlich zu singen und zu pfeifen, als ginge ein wirbelnder Luftzug durch seinen Mund.

Er erzählte von Prosp. Krøyer war interessiert. Allerdings wies er Gus darauf hin, dass er seit Langem keine Riesenalken mehr gesehen habe. Vielleicht sei er ja wirklich nicht an den richtigen Orten gewesen; vielleicht hätten sie sich, wie Gus vermutete, wirklich weiter nach Norden zurückgezogen. Es sei jedenfalls bekannt, dass ihre Populationen kleiner würden. Krøyer vertrat die These, dass sie letztlich genau die Größe erreichen würden, die für das Gleichgewicht der Welt notwendig war. Ein Gedanke, der Gus dann doch störte. Krøyers Vorstellung hatte etwas Zynisches oder vielleicht auch einfach zu Pessimistisches. Die Idee, dass ein Wegsterben zu irgendeiner Verbesserung führen könne, widersprach auf unangenehme

Weise dem gesunden Menschenverstand. Sie erzeugte ein Unbehagen in ihm. Als müsse man sich angesichts einer Pestepidemie, die drauf und dran war, ein Viertel der Menschheit auszulöschen, darüber freuen, dass es in Paris, London und Kopenhagen weniger Pferdedroschken geben würde.

Als Gus heimkehrte, ging zu Hause alles drunter und drüber. Plötzlich allein mit Elinborg, hatte Prosp geschmollt, hatte sich misstrauisch, ja sogar feindselig gezeigt. Gebissen hatte er sie nie, ihr aber mehrmals mit geschlossenem Schnabel einen Hieb versetzt oder sich versteckt, wenn sie zum Gehege kam, oder ihr den Rücken zugewandt, als wäre ihr Anblick eine Beleidigung. Noch dazu hatte er nicht ein einziges Mal die Fische, die sie ihm brachte, in ihrer Anwesenheit gefressen. Er könne sie nicht ausstehen, sagte Elinborg gekränkt. Dabei mochte Prosp sie doch. Bis zu Gus' Reise war er ihr jeden Tag entgegengerannt, wenn sie in sein Gehege kam. Sie hatte ihm zugeschaut, wenn er im Becken schwamm, und er hatte sie zum Lachen gebracht. Manchmal hatte sie ihn und Gus auch zum Strand begleitet. Gus hatte dann immer das Gefühl, dass der Vogel sich anders verhielt. Er fand, dass Prosp sich vor Elinborg produzierte und plötzlich spektakuläre Sprünge wagte, um sie zu beeindrucken. Und wenn Prosp an den Strand zurückkehrte, setzte er sich in nur zwei Metern

Entfernung neben die beiden, als wären sie ein befreundetes Dreiergrüppchen, das sich bei einem Picknick am eisigen Strand über Gott und die Welt unterhielt.

Doch nun war alles anders. Als Gus eintraf, schmiegte sich Prosp schreiend an seine Knie und lief dann eilig auf das Törchen des Geheges zu. Gus brachte ihn zum Strand, Elinborg folgte ihnen. Aber keiner von beiden beachtete sie. Vom Picknick-Spielen, als wären die drei eine Familie, konnte keine Rede mehr sein. Gus war von seiner Reise elektrisiert und glaubte, dass er von nun an wichtige Forschungen durchführen würde. Er beobachtete Prosp, als sähe er ihn zum ersten Mal. Seine Frau würdigte er keines Blickes mehr, und der Vogel wartete nur darauf, dass sie wieder ging, damit er mit dem, der ihm gefehlt hatte, zusammen sein konnte.

Als Gus, nachdem Prosp im Meer gewesen war, wieder ins Haus kam, hockte Elinborg vor dem Ofen, stocherte mit dem Schürhaken in der glühenden Asche und drehte wieder und wieder die Holzscheite um. Als hätte sie noch nie Glut gesehen, dachte Gus. Er trat hinter sie, legte ihr eine Hand ins Genick, berührte sanft ihre Schlüsselbeine und beugte sich über ihren Nacken, wo ein paar aus dem Haarknoten gerutschte, sich schlängelnde Strähnen an ihrer Haut klebten.

Aber Elinborg schüttelte ihn ab und stand auf, um unnötigerweise noch ein Holzscheit zu nehmen, das kurz darauf mit dem Schürhaken wieder hin und her geschoben wurde.

»Du kannst dich an den Tisch setzen«, sagte sie schließlich und griff nach der Suppenschüssel. Ein Teller knallte auf die hölzerne Tischplatte.

Und das war alles. Zunächst. »Ich kann Prosp holen, wenn du willst«, fügte sie schließlich hinzu.

Endlich fiel bei Gus der Groschen. Als er sich setzte, wusste er, dass ihm etwas vollkommen Neues bevorstand: sein erster Streit mit Elinborg.

Er wollte sich entschuldigen, doch die Überraschung war zu groß. Er stellte fest, dass er keine Ahnung hatte, wie er es anfangen sollte.

»Du kannst auch bei deinem Riesenalk schlafen, wo er dir doch so gefehlt hat«, sagte Elinborg leise.

Gus wollte feinfühlig sein, doch ihm kam nicht ein einziges passendes Wort in den Sinn. Die Frau, die mit vom Feuer geröteten Wangen vor ihm saß, hatte keine Ähnlichkeit mit der Elinborg, die er gewohnt war. Sie machte ihm keine Angst, sie missfiel ihm nicht einmal, sie war nur anders, eine Elinborg, die er noch nicht kannte. Er wusste nicht, was er tun sollte.

»Hast du mir nichts zu sagen? Findest du es normal, dass du mir nichts zu erzählen hast? Ach, nein, entschuldige, ich habe ja kein Gefieder, ich bin ja uninteressant für die Universität. Ich kann aber gack, gack, gack machen, wenn dir das lieber ist.«

Und mit diesen Worten legte Elinborg die Fäuste an ihre Brust und begann, mit den Ellbogen zu wackeln, als wären es kleine Flügel, und im selben Rhythmus immer schriller zu gackern. Einer noch groteskeren Idee folgend, sprang sie auf und fing an, unter ohrenbetäubendem Gackern mit vorgestreckter Nase, flatternden Flügelchen und ausgestrecktem Hintern ihren Stuhl zu umrunden. Schweiß perlte auf ihrer Stirn, die rot angelaufen war, und die wehenden Ärmel streiften ihre Wangen, da blieb sie mit einem Ruck stehen und schwieg. Würdevoll nahm sie in gewohnter Haltung wieder vor ihrem Teller Platz. »Nun sag, mein Freund, was hast du in Kopenhagen gemacht?«

Als Neuling in Sachen Streit nahm Gus die Ironie natürlich nicht wahr. Und so kam er, nachdem er einmal geschluckt hatte, naiv und voller Unschuld ihrer Aufforderung nach.

Elinborg hörte ihrem Mann zu, ließ seine Schilderungen aber sehr viel ungerührter an sich ab- und auf den Boden gleiten, als wenn ihr ein hartgekochtes Ei vom Teller gerutscht wäre. Als Gus ihr von Krøyers Menagerie erzählte, zuckte sie müde mit den Schultern. Und als er ihr von der Reise des Dänen nach Griechenland berichtete, verdrehte sie die Augen. Als er aber sagte, dass man ihn, Gus, zu einem seiner Artikel gratuliert habe, sah er, dass sie weinte.

Es war erstaunlich, aber er hatte sie noch nie weinen sehen. Es war auch das erste Mal, dass eine Frau überhaupt seinetwegen weinte, was so etwas wie Stolz in ihm weckte. Der ganze Vorgang faszinierte ihn. Er verfolgte die Veränderungen in Elinborgs Gesicht, wie es sich aushöhlte, verzerrte, verzog. Er beobachtete die Träne, die sich im Winkel ihres Auges bildete, und sah zu, wie die Flüssigkeit ihre Wange hinab lief. Er zählte die Zeit, die es jeweils brauchte, bis ihre Nase sich rot färbte, anschwoll, feucht wurde. Sogar Elinborgs Haare, die an ihrer verschwitzten Stirn klebten, wirkten vor Kummer dünn und ausgezehrt.

Als sie mit klirrendem Teller aufstand und die Treppe zum Schlafzimmer hochstürzte, kam er sich grausam und dumm vor. Er folgte ihr nach oben und war so benommen, dass er die letzte Stufe der Treppe, die eigentlich eher eine Leiter war, verfehlte und Elinborg vor die Füße fiel, sein Kopf dicht am Gestell des Bettes, auf dem sie mit baumelnden Beinen lag. Sie schaute zur Decke und sah nicht, wie lächerlich er da vor ihr lag mit seinem verdrehten Knie. Er bat sie um Verzeihung, und natürlich verzieh sie ihm, denn sie liebten sich ja.

Hatte Prosp zu sehr unter Gus' Abwesenheit gelitten, oder war seine Rückkehr ein zu großer Schock? Als Gus am nächsten Tag nach ihm schaute, lag er jedenfalls in einer Ecke seines Geheges auf dem Boden. Er bewegte sich nicht, war ganz in sich gekehrt. Gus ging zu ihm, doch er blickte nicht einmal auf. Der Novemberwind fegte durch seine Kopffedern und zerzauste ihm den Rücken. Gus trat zu ihm, streichelte ihm den Hals. Gleichgültig ließ der Vogel es geschehen. Als Gus ihn in den Arm nahm, merkte er, wie erschlafft das Tier war. Er fragte sich, ob Prosp Fieber hatte, und tastete etwas planlos seinen Bauch ab. Prosp schien es nicht zu bemerken. Gus legte ihn wieder auf den Boden, der Vogel sackte in sich zusammen, und der Wind zerzauste ein weiteres Mal sein Gefieder. Als Gus ihm einen Fisch hinhielt, öffnete er nicht den Schnabel, und auch als Gus den Fisch vor ihm auf den Boden legte, rührte er sich nicht. In der Hoffnung, wenigstens einen Reflex auszulösen, schnipste Gus in Kopfnähe mit den Fingern, aber der Riesenalk schien taub geworden zu sein.

Wenn ein Tier leidet, schreit es dann? Jammert es dann auf eine Weise, die ein Mensch verstehen kann? Diese Frage konnte sich Gus nicht beantworten. Er hatte Vögel gejagt, hatte Tiere auf dem Bauernhof erlebt, ihm waren Katzen begegnet, und er hatte einen Hund gehabt. Sein Hund hatte nie gejammert, und die Vögel hatten sich bester Gesundheit erfreut, bis die Kugel sie durchbohrte. Gus wusste nichts von kranken oder sterbenden Tieren; er wusste nicht einmal, welcher der beiden Kategorien Prosp in diesem Moment zuzuordnen war. Oder hatte ihn nur die Schwermut gepackt? Konnten Tiere Gemütszustände haben? Ja, denn es konnte passieren, dass ein Hund vor Kummer dahinsiechte und starb. Aber ein Riesenalk? Immerhin hatte Prosp mit Elinborg Streit angefangen; Gus wusste, dass er Gefühle und einen eigenen Charakter hatte, dass er Zuneigung und Hass empfinden konnte.

Er trug Prosp zum Haus. Dort wollte er ihm ein warmes Eckchen suchen und auf ihn achtgeben. Der entkräftete Vogel schob ihm seinen Schnabel unter die Achsel. Der Wind war überall, er riss an Gus' Mütze und zerraufte Prosp das Gefieder. Elinborg würde nicht begeistert sein, ihn im Haus zu haben, aber sie würde es hinnehmen und Mitleid haben. Vielleicht würden Elinborg und Prosp sich sogar versöhnen. Und so kam es dann auch: Als Elinborg die beiden hereinkommen sah, ließ sie zu, dass Gus ihr den Vogel, der sich nicht wehrte, in den Arm legte. Beim Anblick des geschwächten Tiers schob sie den letzten Rest an Eifersucht beiseite, und Prosp hatte gar nicht die Kraft, sich an irgendwelche Gefühle zu erinnern. Sie betteten ihn in einen mit Wäsche ausgelegten Korb. Endlich blickte Prosp auf und sah Gus an, nicht von der Seite, sondern von vorn, was selten war.

Noch nie hatte Gus einen so ernsten, resignierten Ausdruck bei ihm gesehen. Prosps Augen wirkten milchig, oder lag es daran, dass ihm selbst, Gus, Tränen in den Augen standen? Die ausgetrockneten Federn des Vogels schienen kurz davor auszufallen. Er gab einen leisen, kaum hörbaren Schrei von sich, dann verstummte er wieder. Hatte er Schmerzen? Er starrte Gus an, als wollte er von ihm erfahren, was da mit ihm geschah, warum er so erschöpft war. Dass Elinborg ihm mit feuchter Hand über den Rücken strich, um sein Gefieder zu glätten, ließ er zu. Plötzlich hatte Gus Angst, dass Prosp sterben würde. Seit dem Tag, an dem er ihn vor der Insel Eldey gerettet hatte, trug er die Verantwortung für ihn. Der Vogel hatte ihm auf seine Weise vertraut, hatte die neue Lebensweise an Gus' Seite akzeptiert, war bereit, sich seinem Willen zu unterwerfen und nur noch dann ins Meer zu gehen, wenn Gus es erlaubte. Im Gegenzug war Gus ihm als Garantie für sein Überleben steten Schutz und ausreichend Nahrung schuldig.

Und nun hatte Gus ihn verraten, und der Vogel wusste nicht, wie ihm geschah. Jedenfalls las er das in Prosps entgeistertem Blick: Warum ließ Gus ihn plötzlich im Stich? Wo er doch alle Macht über ihn hatte? Bisher hatte Gus immer geglaubt, dass sich die Gefühle dieses Tiers eins zu eins in seinem Verhalten abbildeten, spontane Freude, wenn sie zum Strand gingen, entspannte Ruhe, wenn er im Sitzen schlief, Angst, wenn ein Adler auftauchte. Er hatte sich nie gefragt, was in Prosp vorging, wenn man ihn nicht beobachten konnte, ob er sich dann vielleicht an den Ozean und an das Leben zurückerinnerte, das er vor ihrer Begegnung geführt hatte. Für Gus war Prosp einfach der, der er war, der Riesenalk Prosp, den er niemals mit einem anderen Riesenalk verwechselt hätte. Er kannte die Form der weißen Stellen vor seinen Augen, die zum Sommer hin auftauchten, und die Farbe seiner Füße, auf denen sich manchmal kreideweiße Flecken zeigten.

Aber was war mit Prosp? Wusste er, dass er einen Mann kannte und dank Elinborg auch eine Frau? Hielt er das Haus für ein Nest oder eine Insel? Immerhin wusste er ja auch nicht, wie er selbst aussah, wusste nicht, dass er ein Riesenalk war, dass er schwarz war mit einer großen weißen Fläche am Bauch. Vielleicht glaubte er, dass er der einzige seiner Art war, oder er hielt sich für einen Menschen. Warum eigentlich nicht? Gus redete ja mit ihm, gab Vokalfolgen von sich, als wären es Antworten. Genauso wenig, wie der Riesenalk seine Sprache verstand, hatte Gus Zugang zu der des Riesenalks, aber er war überzeugt davon, dass sie sich trotzdem verstanden, dass sie – jeder in seinem Vokabular – gemeinsame Klänge und Töne gefunden hatten. Warum hätte Prosp also nicht glauben sollen, er sei ein Mensch? Warum hielt sich Gus nicht für einen Riesenalk? Wusste Prosp eigentlich, ob er glücklich oder traurig war? Allein die Tatsache, am Leben zu sein, dachte Gus, dürfte ein Tier fröhlich stimmen, wobei sein Vogel ja nicht einmal wusste, dass er im Gehege tagein tagaus vor Finnwalen geschützt war, wie ihm auch die anderen Vorzüge des Lebens an Gus' Seite nicht bewusst waren: die stets verfügbare Nahrung und ganz allgemein die Sicherheit. Aber hätte er selbst, Gus, diesen beiden Aspekten seine Freiheit geopfert? Er war sich dessen nicht sicher.

Langsam und zärtlich strich er mit einer Hand über den langen Körper des schlafenden Riesenalks. Der Vogel schlug seine trüben Augen auf, die ohne die gewohnten Lichtreflexe eine ganz andere Tiefe hatten. Er schien Gus zu erlauben, einzutauchen in diesen Blick und diesen Kopf, in dem nur noch Stille herrschte angesichts des unbegreiflichen Todes, dem das Tier ruhig entgegenblickte, denn es war sinnlos, in Panik zu verfallen. Was kommen musste, würde kommen.

Elinborg schnitt einen Fisch in Stücke, dann packten sie Prosp, sperrten ihm mit Gewalt den Schnabel auf, schoben die Stücke hinein und massierten ihm den Hals, damit er sie schluckte. Gus war so beunruhigt, dass er beschloss, die Nacht an der Seite seines Freundes zu verbringen. Gegen vier Uhr morgens gab Prosp keinen Schrei, aber einen Laut von sich. Sofort setzte sich Gus neben dem Korb auf den Boden. Prosps Augen hatten ihre braune Farbe zurück, und auch das Augenweiß war wieder da. Mit dem Rücken an die Wand gelehnt zog Gus den Korb zwischen seine Beine. Der Vogel schlief, vielleicht träumte er. Vorsichtig legte Gus seine Arme um Prosp und ließ den Kopf auf sein Gefieder sinken, das nach vermoderten Algen roch. Er rieb seine bärtige Wange daran.

Gus wachte auf. Etwas Hartes schabte an seiner Kopfhaut wie ein flacher, kühler Stein, oder vielleicht war es auch etwas Spitzes, das an seinen Haaren zog, Strähne für Strähne, ohne ihm dabei wehzutun, aber immerhin so, dass er es spürte. Sein Kopf lag auf die Arme gestützt über dem Rand des Korbes. Er konnte Prosp nicht mehr unter sich spüren und fürchtete schon, ihn erdrückt zu haben. Als er den Kopf zur Seite drehte, sah er einen langen, gefiederten Hals, der sich vor seiner Schläfe bewegte. Und er begriff, dass Prosp – so wie Gus ihm in der Mauser die Federn geglättet hatte – dabei war, nun ihm das Kopfhaar zu glätten, ja ihn vielleicht sogar wie einen befreundeten Riesenalk zu entlausen.

Prosp war krank geworden und wieder genesen. Wegen einer allzu heftigen Gefühlsregung oder eines Bazillus hätte er sterben können und hatte überlebt.

Wenn Gus in der Dämmerung zum Strand ging – ohne Prosp, der sich noch auskurierte –, versuchte er, mit einem Blick zum Horizont das ganze Meer zu erfassen. Bestimmt ähnelte die Wüste dem Meer, dachte er: dieselbe Leere, die voll war von etwas, das nicht für den Menschen gemacht war. Und so ein Ort, dem es egal war, ob der Mensch darin zurechtkam oder nicht, berührte ihn, traf ihn im wahrsten Sinne des Wortes mitten ins Herz. Wie ein Pfeil, der in ihn eindrang, als wäre er ein Ballon, dessen Hülle in sich zusammenfiel und am Boden liegenblieb wie ein nutzlos gewordenes Ding.

Auf einmal fühlte er sich so leicht wie ein Pollenkorn, belanglos und immens wichtig zugleich. Er wusste, dass er in dieser Welt seinen Platz hatte, genauso wie der Stein rechts neben seinem Schuh, der kaum von einem anderen, drei Meter weiter liegenden Stein zu unterscheiden war. Genauso wie die Welle, von der er wusste, dass er sie später noch einmal sehen würde, nur dass es dann eine andere wäre. Und genauso wie der Grashalm auf dem Hügel, der nicht anders war als die übrigen Grashalme und dennoch wohl einzigartig. Der Mensch hatte plötzlich keine Bedeutung mehr in dieser Welt, die ihren eigenen Atem hatte, dieser Welt, der Gus' Präsenz egal war, weil sie schon lange vor ihm existiert hatte und lange nach ihm existieren würde. Er war ein Nichts, genauso bedeutend oder unbedeutend wie ein Holzspan unter Milliarden von Holzspänen, ein Nichts, das keinen Namen mehr hatte, keinen Geruch, keine Gewohnheiten, keinen Geschmack, keine Individualität. Und seltsamerweise fühlte er sich freier, sicherer in diesem Gefühl, mit einer Welle identisch zu sein oder einer Fliege Gesellschaft zu leisten, die über dem schwarzen Sand umherschwirrte; und so bescheiden, so klein und allen Dingen gleich glaubte er, diesem unendlichen Universum, das ihm keine Antwort gab, gestärkt entgegentreten zu können.

Es war so berauschend, so völlig neu, dass er nun jeden Tag an den Strand ging, um es wieder und wieder zu erleben. Manchmal, wenn die Wirkung abflaute und er – anstelle dieses Gefühls von Zugehörigkeit und Fremdheit zugleich – nur noch eine verwischte Horizontlinie sah, nur noch das Rauschen, das mechanische Zusammenspiel von Wogen und Wind wahrnahm und nicht mehr den denkwürdigen Charakter einer Welle, horchte er auf der Suche nach anderen Mysterien in sich hinein. Er beobachtete eine jagende Möwe, die auf offener See einen Fisch fing, und fragte sich, woran der Fisch gedacht hatte, als ihn im Schnabel des Vogels mit aufgeschlitztem Körper der Atem verließ. War ihm überhaupt klar, dass er unter Hunderten von Fischen als einziger gefangen worden war? Hatte er über diesen grausamen Zufall nachgedacht, der ausgerechnet ihn traf? Oder hatte er sein Schicksal angenommen, weil dies nun mal seit eh und je das Leben der Fische und Möwen war?

In solchen Momenten fiel Gus auf, dass Prosp schon seit Langem keinen zappelnden Fisch mehr im Schnabel gehalten hatte. Er wurde fern von seinen Artgenossen festgehalten und kannte den Ozean nicht mehr, den er durchquert hätte, um auf einer entlegenen Insel seine Fortpflanzungspflicht zu erfüllen. Er hätte seinen Nachwuchs bedingungslos geliebt und die Kameradschaft anderer Riesenalken erlebt, mit denen er später wieder aufgebrochen wäre, um von Neuem das Meer zu durchstreifen. Wenn Prosp sterben würde, wer würde sich außer Gus und Elinborg an ihn erinnern? Und war die Erinnerung zweier Menschen überhaupt vergleichbar damit, anderen Riesenalken unvergesslich zu bleiben? Wenn Prosps Spezies nun seltener wurde, mit welchem Recht hielt Gus ihn von ihr fern, wo er doch helfen könnte?

Kurz bevor sich Gus zu den Orkney-Inseln eingeschifft hatte, war ein Artikel von Cuvier über den Dodo erschienen, der ausgestorben war. Es ließ sich nicht leugnen: Dieser Vogel, der auf der Insel Mauritius gelebt hatte, besaß eine bemerkenswerte Ähnlichkeit mit Prosp. Beide hatten Flügel, die in Zeiten des Glücks verkümmert waren, denn beide hatten beschlossen, nicht mehr zu fliegen, weil im Herzen der Schwerkraft alles für sie da war. Gus sah ein schlechtes Omen darin.

Aber nein, der Dodo war eine Ausnahme, ein Unfall, Tiere starben nicht aus, ermahnte er sich. Die Erde war ein Ort der Fülle. Sicher, die Mammuts waren vor langer Zeit ausgestorben und auch das Megalonyx, dieses gigantische Faultier. Und ja, die Arten veränderten sich wahrscheinlich schon; sie wurden durch Katastrophen ausgerottet, und manchmal änderten sich die Lebensbedingungen, eine Tierart wurde geschickter und konnte sich somit rascher vermehren, während eine andere schrumpfte. Aber die Natur, die so ausbalanciert, so eingespielt war, verhinderte doch wohl, dass etwas, das dem Menschen nicht schadete, einfach aus ihr verschwand. Im Übrigen war die Erde so riesig, dass sich Arten, die man für ausgestorben hielt, vielleicht irgendwo mitten im Pazifik oder an den zugefrorenen Polen versteckt hielten.

Trotzdem, wenn etwas immer weniger wurde, konnte es logischerweise auch ganz verschwinden. Nur dass dies eben unvorstellbar war. An diesem Punkt hatte Gus das Gefühl, vor einer Wand zu stehen. Die Harmonie in der Welt des Lebendigen ließ nicht zu, dass hier auf Erden etwas ausgelöscht wurde. Es lag an dieser Wüste namens Meer bei Sonnenuntergang und an der Krankheit, die Prosp durchgestanden hatte, dass Gus den Wunsch verspürte, ihn zu seinen Artgenossen zurückzuschicken. Es lag daran, dass alles hineingehörte in diese Welt, die größer war als der Mensch, oder vielleicht auch einfach nur daran, dass er es gut mit Prosp meinte.

In dieser Zeit schrieben sich Buchanan und er. Der Schotte dachte darüber nach, sich in Aberdeen oder sogar Edinburgh niederzulassen. Seine Frau ertrug die Abgeschiedenheit der Orkney-Inseln nicht mehr. Im Wesentlichen drehte sich ihre Korrespondenz aber immer noch um Prosp oder um Gus' Beruf, Buchanan las seine Artikel. Er schrieb ihm auf Französisch:

Wussten Sie, dass die Eisbären im Jahr 1816 in Island aufgetaucht sind und dort fast alle Füchse und fast das gesamte Damwild aufgefressen haben? Irgendwann standen die armen Isländer, so stelle ich es mir vor, nur noch mit ihren Robben da. Vielleicht wäre Prosp dort glücklich, und vielleicht wäre auch Ihre abenteuerlustige Frau, die – so scheint es mir – weder die Kälte noch die Einsamkeit fürchtet, dort glücklich. Ich könnte sogar auf einen Besuch vorbeikommen, da meine Familie nun den Komfort einer Stadt mit ihren Zerstreuungen um sich haben wird. Ich glaube, dass ich ihr nicht fehlen werde, wenn ich für einige Monate verreise.

Geschäftlich reise ich ohnehin schon viel. In Kanada habe ich wunderbare und schreckliche Dinge gesehen. Wunderbar: die Bisons. Nachdem ich dank Ihnen die Giraffe kennenlernen durfte, konnte ich dort direkte Bekanntschaft mit diesem anderen Riesentier machen, das vielleicht drei Mal so groß ist wie ein Rind und mit einem Mantel ausgestattet, wie ich es nennen würde, oder besser gesagt einer Pelzstola, die es wie eine alte Frau in der Oper über den Schultern trägt. Schrecklich: Ich sah, wie eine ganze Herde dieser wunderbaren Tiere schwimmend einen Fluss durchquerte, ja, schwimmend, wobei sie, die an Land doch so stark sind, unter Mühen gegen die Strömung ankämpften. Und um zum Ende zu kommen, sah ich schließlich, wie sich all diese Bisons, kaum hatten sie heil, aber mitgenommen von der Flussquerung ihr Ziel erreicht, von den Trappern, mit denen ich unterwegs war, die Kehle durchschneiden ließen.

Das scheint dort üblich zu sein. Aber ich dachte nicht, dass es mich so mitnehmen würde, all dieses Blut, all diese Schmerzen, und dazu die Ungläubigkeit der Tiere, denn diese Männer töteten sie einfach nur deshalb, weil sie die Macht hatten, es zu tun. Natürlich habe ich in diesem Moment an Prosp gedacht. Daher auch die verrückte Idee mit Island, wo er unter seinesgleichen und unter Ihrem Schutz glücklich wäre – denn ob man nun einen oder zehn beschützt, macht doch wahrscheinlich keinen Unterschied, meinen Sie nicht?

Gus wollte natürlich weder nach Island noch eine Riesenalkenzucht beginnen. Allerdings war Buchanans Gedanke nicht dumm. Prosp hatte das Recht, mit seinen Artgenossen zusammenzuleben, und könnte seiner Spezies sogar helfen, sich wieder zu vermehren. Und so sah Gus seinen Freund Prosp schon an einem idyllischen, von Wellen umspülten Kiesstrand vor sich, den Hals an die Hälse anderer Riesenalken gelegt, sah braun gefleckte, glänzende Eier an Bäuchen und zwischen Füßen liegen, sah Fische, die verschluckt wurden und von außen sichtbar die Vogelhälse hinunterrutschten.

In diesem Teil des Atlantiks gab es nicht unendlich viele Orte, an denen Riesenalken sich fortpflanzten. Bei näherer Betrachtung zeigte sich, dass die Auswahl tatsächlich äußerst begrenzt war. Eigentlich gab es, nachdem aus Eldey eine monströse Grabstätte geworden war, nur einen Flecken, der noch infrage zu kommen schien: die Inselgruppe St. Kilda. Hin und wieder berichteten Matrosen, sie hätten dort Riesenalken gesehen. Bei dem Gedanken schien die Welt für Gus wieder ihren normalen Lauf zu nehmen, als hätte die Erdachse, die sich aufgrund der schwindenden Riesenalken einen Moment lang verschoben hatte, wieder ihre schräge Position eingenommen, so wie man es seit jeher kannte. Die Chance, weiteren Prosps zu begegnen, war zwar gering, aber da es keine andere Wahl gab, schien das Motto *Alles oder nichts* eine interessante Perspektive zu werden.

Prosps weiße Flecken waren bereits wieder sichtbar, als Gus im April 1837 mit Elinborgs Bruder Signar auf dessen Boot nach St. Kilda in See stach. Er würde diese Reise nutzen, um die beachtliche Zahl von Vögeln zu studieren, die dort ihre Nistplätze hatten. Signar war ganz aufgeregt – die Perspektive, eine so seriöse Studie durchzuführen, und das an einem Ort, den er schon hundert Mal gesehen hatte, ohne ihm irgendeine Bedeutung beizumessen, begeisterte ihn. Unterwegs warfen sie vor unbewohnten Inseln Anker und verbrachten zwei Tage an einem Hafen auf den Hebriden, wo sie Prosp versteckt hielten, damit niemand auf die Idee kam, ihnen den Riesenalk zu stehlen. Überall sahen sie Robben herumliegen, überall schwirrten Papageientaucher umher.

Auf dem Boot schrie Prosp immer wieder vor Freude und reckte seinen Hals dem Horizont, dem Meer, der Gischt entgegen. Er breitete seine Flügelstummel aus, damit ihm das Meerwasser über den Körper lief. Gus hatte ihm auf dem Deck einen großen Holzkäfig gebaut und festgenagelt. Tagsüber spazierte er dort mit dem Vogel an der Leine umher. Manchmal wartete Prosp ganz still, mit erhobenem Kopf auf die Gischt. Es kam vor, dass Gus eifersüchtig wurde auf diese Natur, die sein Tier in ein staunendes, entrücktes Wesen verwandelt hatte, das ungeduldig auf jede Lichtveränderung lauerte. Er entdeckte einen anderen, neuen Prosp, der ganz seinem Instinkt folgte und alle Phänomene um ihn herum sofort verstand, einen Prosp, der sich nicht mehr auf Gus verließ, nicht mehr ständig nach ihm Ausschau hielt und morgens im Grunde auch nicht mehr auf ihn wartete. Der Riesenalk, den er nun sah, schien auch zu wissen, worauf diese Reise hinauslief. Er versuchte nicht einmal zu fliehen, und die Leine, dachte Gus, war eigentlich überflüssig geworden. Weder vor den Regengüssen noch vor den Wellen, die hin und wieder aufs

Deck niedergingen, hatte Prosp Angst. Und als Gus ihn einmal auf den Arm nahm, bemerkte er, dass er plötzlich anders roch, herber, nach Seetang, unterlegt von einem strengen Geruch nach totem Fisch.

Je näher St. Kilda kam, desto mehr plusterte sich Prosp auf, stolzierte erhobenen Hauptes mit seinem langen, respekteinflößenden Raubvogelschnabel auf dem Deck umher und ließ dabei seinen Blick über den Ozean schweifen, als gehörte er ihm. Signar und Gus lachten, als er schließlich sogar begann, sie beide wie dumme Schiffsjungen zu behandeln und ihnen, wenn sie mit dem Segel kämpften, herablassende Blicke zuwarf oder sie mit einem Schrei vor einem Windstoß oder einem Manöver warnte, das er für ungeschickt hielt. Aber wenn sich die Nacht dem Ende zuneigte, rief er wieder nach Gus, ein leiser, freundlicher Ruf, der in einem Triller endete. Dann holte Gus ihn aus dem Käfig, blieb bei ihm und streichelte ihm den Kopf, der an seine Schulter sank. Sobald der Morgen anbrach, trennten sie sich für den Tag, und Prosp begann wieder umherzustolzieren.

Vorbeifliegende Papageientaucher interessierten ihn nicht, und selbst die Robben waren ihm vom sicheren Schiff aus gleichgültig. Mehrmals täglich putzte er ausführlich seine Federn. Er machte sich schön, dachte Gus, wurde ein richtiger Riesenalk, der darauf wartete, seinen Artgenossen vorgestellt zu werden. Sein neuer Geruch nach Fisch, Algen und Gischt würde ihm sicher helfen, den künftigen Freunden zu gefallen.

Eines Tages sahen sie dann in der Ferne die Inselgruppe St. Kilda vor ihnen auftauchen. Gus legte ein Skizzenbuch bereit, in dem er die Kolonie verewigen, und ein Notizheft, in dem er festhalten würde, was er sah. Mit etwas Glück würde er mindestens einen Balztanz miterleben. Die Riesenalken, so hieß es, blieben als Paar ein Leben lang zusammen, aber er fragte sich, ob es für Prosp nicht zu spät sein würde.

Er schätzte, dass es ein knappes Dutzend Tiere war, von denen sich die meisten auf einem mehrere Meter großen Felsen aufhielten. Gus war so aufgeregt und so besessen von seinem Plan, dass er sich ein Scheitern nicht vorstellen konnte. Eine Million Vögel verschiedenster Arten, die in den Felswänden nisteten, lieferten ein ohrenbetäubendes Spektakel, als sie an dieser Küste vorbeifuhren, die höher und steiler war als alles, was Gus je gesehen hatte. Anfangs schien ihm die Lautstärke vergleichbar mit dröhnendem Glockengeläut, doch als sie sich dem Strand näherten, ebbte das Vogelgezeter zu einem Klangteppich wie aus einer Million Glöckchen ab.

Die Riesenalken nahmen nicht viel Platz an diesem Kiesstrand ein, zumal sie keine geschlossene Gruppe bildeten. Einige von ihnen hatten sich oberhalb des Meers auf einem relativ kleinen Felsen niedergelassen. Als das Beiboot noch etwa zwanzig Meter vom Ufer entfernt war, hörte Gus auf zu rudern. Zum ersten Mal ließ er Prosp ohne Leine ins Meer. Schon im Ruderboot war der Vogel seltsam still gewesen, und als er nun ins Wasser glitt, wirkte er ernst, fast andächtig.

Er ließ sich treiben wie eine Ente. Wahrscheinlich beobachtete er seine Artgenossen und kämpfte dabei – was ja normal war – gegen die Angst.

Dann tauchte er ab. Etwa zehn Minuten lang hielt Gus Ausschau nach ihm und wurde langsam unruhig. Dass Prosp geflohen war, konnte nicht sein, und er war auch nicht gefressen worden, kein einziger Fressfeind war in Sicht. Aber was wusste Gus schon von den Gefühlen der Tiere, ihrer Scheu? Nicht viel. Endlich tauchte am Strand ein Riesenalk aus einer Welle auf, stand da, tat zwei Schritte und blieb stehen. Gus erkannte ihn sofort, ohne auch nur eine Sekunde zu zögern. Wer hätte es denn auch sein sollen, wenn nicht sein Prosp, sein mutiger Prosp? Das Wetter war an diesem Tag ausnahmsweise schön. Der Himmel war blau, und die Umrisse der Tiere zeichneten sich klar gegen den Strand ab. Sie rührten sich zwar nicht vom Fleck, drehten sich aber zu dem Neuankömmling um, diesem Odysseus unter den Riesenalken, der nun heimgekehrt war.

Prosp ging los, mit gesenktem Schnabel – wohl um zu zeigen, dass er in friedlicher Absicht kam, dachte Gus. Er schaukelte dabei ganz fürchterlich hin und her, mehr noch als sonst, wahrscheinlich vor Nervosität. Er watschelte über den Strand, näherte sich bis auf zwei oder drei Meter einem der Riesenalken und streckte ihm mit angelegten Flügeln den Hals entgegen. Der andere tat so, als bemerkte er ihn nicht, während seine Kameraden die Szene aus den Augenwinkeln beobachteten, sich dabei allerdings sehr beschäftigt gaben mit dem Zeug, das vor ihren Füßen lag. Die Legezeit würde bald kommen, und die Vögel bauten schon ihre Nester, manche von ihnen hatten Kieselsteine im Schnabel. Prosp hätte mit ein oder zwei Gaben kommen sollen, dachte Gus. Aber was wusste er denn von den Sitten und Gebräuchen der Vögel im Allgemeinen und der Riesenalken im Besonderen? Er fing an, sich überflüssig zu fühlen.

Gus war genauso nervös wie Prosp. Auch er hatte Angst, sogar mehr noch als Prosp, der wenigstens etwas tun konnte. Dieses Gefühl war Gus neu. Noch nie hatte er bei einem Menschen etwas Vergleichbares empfunden. Noch nie waren Elinborg, seine Mutter oder ein Freund zurückgewiesen oder schikaniert worden. Was verletzter Stolz war, hatte er bei Kameraden und auch am eigenen Leib erlebt, aber darüber war man hinweggekommen. Gus war zum Beispiel nicht in Sorge um seine Mutter gewesen, als sie ein Jahr lang mit einer Cousine im Streit lag, die sich über ihr altjüngferliches Aussehen lustig gemacht hatte. Und seine Mutter hatte sich auch keine Sorgen um ihn gemacht, als er auf die weiterführende Schule kam. Wobei er damals ohnehin aus dem sensiblen Kindesalter heraus war: Melancholische Anwandlungen hätte er ihr gegenüber niemals erwähnt. Und nun saß er in diesem Ruderboot und zitterte vor Angst, bloß weil ein Riesenalk, für den er sich verantwortlich fühlte, gegenüber anderen, sicherlich kampferprobteren Riesenalken wehrlos zu sein schien.

Prosp streckte dem unbekannten Riesenalk nochmals den Hals entgegen. Es war eine bescheidene, respektvolle und doch wagemutige Geste. Die Reaktion kam sofort: ein Schrei, ein Schnabelhieb, drei Vorwärtsschritte mit nach hinten abgespreizten Flügeln, und von Prosps Seite ein überstürzter Rückzug. Am Strand und auf dem Felsen unterbrachen die übrigen Riesenalken ihr Tun und starrten herüber. Gus glaubte zu hören, dass Prosp einen kurzen Klageruf ausstieß, doch wahrscheinlich hatte er es sich eingebildet: Vom

Ruderboot aus hätte er so ein leises Geräusch gar nicht hören können.

Prosp watschelte nun auf einen anderen Riesenalk zu, wo ihn ein ähnlicher Empfang, eine ähnlich feindselige Choreografie erwartete. Gus hätte sein Skizzenbuch zur Hand nehmen sollen, doch die Anspannung war so groß, dass er gar nicht auf die Idee kam. Wenn es so weiterging, konnte er nicht zum Boot zurückrudern, wo Signar bei Anbruch der Dämmerung auf ihn warten würde. Er begann zu frieren. Etwa eine Stunde Tageslicht blieb ihm noch.

Prosp rührte sich nicht mehr, ging auf niemanden zu, verharrte auf steinigem Boden unweit des Wassers in einer Ecke. Seine Miene, oder genauer gesagt seine Haltung, strahlte Würde aus, was Gus beruhigte. Einer der Riesenalken ging ins Meer, ein anderer folgte ihm und sprang von seinem Felsen direkt hinein. Gus begann, die Tiere zu beobachten: Was er hier erlebte, war offensichtlich ein Wiedersehen nach langen Streifzügen im Meer. Zwei Vögel kopulierten gerade am Strand; und da es nicht bei diesen beiden blieb, gelangte Gus nach einer Weile zu der Erkenntnis, dass sich hier wohl drei Pärchen bereits gefunden hatten. Zum Glück für Prosp blieben noch welche, die nicht gebunden waren – drei, vermutete Gus, doch er konnte sich täuschen.

Auch Prosp stürzte sich nun – vielleicht nur, um irgendetwas zu tun – ins Meer. Er kam nicht zu Gus in seinem Ruderboot und entfernte sich auch nicht weit vom Ufer. Er ließ sich auf dem Wasser treiben, tauchte wie ein Schwan den Hals hinein, putzte seinen Schwanz und die Rückenfedern. Dann schwamm er zurück und ließ sich diesmal von den Wellen auf einen Felsen heben. Die Dämmerung brach an. Gus' Augen gewöhnten sich an das Halbdunkel. Er musste zum Boot zurück, musste zulassen, dass Prosp sich allein durchschlug, und er selbst musste versuchen zu schlafen, um im Morgengrauen wach zu sein und ihn so früh wie möglich wiederzusehen. Also ruderte er zurück, zwar ängstlich, aber überzeugt davon, dass er das Richtige tat. Signar und er sprachen nicht viel. Als sich sein Schwager nach Prosps Fortschritten erkundigte, zuckte er nur mit den Schultern.

Am nächsten Tag bei Sonnenaufgang betrat Gus die Insel zwar in einiger Entfernung zu den Riesenalken, aber nah genug, um die Tiere beobachten zu können. Er machte sich Notizen. Prosp schien ihn nicht zu bemerken. Er hielt sich an derselben Stelle auf wie am Tag zuvor, abseits seiner Kameraden, zu denen er immer einen Abstand von etwa fünfzehn Metern hielt. Er war allein, die Riesenalken behandelten ihn, als wäre er Luft.

Sie schwammen hinaus, kamen wieder in Küstennähe. Auch Prosp schwamm, aber nur wenig und kehrte rasch an den Strand zurück.

Schließlich begann er doch wieder, sich den anderen zu nähern, mied allerdings die Paare und konzentrierte sich auf diejenigen, von denen Gus glaubte, dass sie ungebunden waren. Er wirkte so anders als sonst, so verunsichert, dass Gus ihn nun erst recht nicht mehr mit einem anderen Riesenalk hätte verwechseln können. Solange sonst nichts geschah, machte er sich Notizen über die Basstölpel, die in den Felsen dieser monumentalen Steilküste nisteten, und über den Eissturmvogel, der einer Möwe ähnelte, obwohl er gar nicht mit ihr verwandt war, und nur auf St. Kilda lebte. Wenn er zwanzig Minuten lang nicht auf Prosp geachtet hatte, hielt er wieder Ausschau nach ihm.

Gegen Mittag geriet die winzige Riesenalk-Kolonie in Unruhe. Trotz der Entfernung nahm Gus einen fröhlichen Aufruhr wahr. Aus allen Richtungen der Insel kamen aufgeregte Schreie, und die von Vögeln okkupierten Felsnischen und -terrassen waren plötzlich in einem lauten, entfesselten Tanz zu Ehren der Sonne vereint, die zwar nach St.-Kilda-Art schien, aber ganz eindeutig im Zenit stand. Noch hatte sich die Insel nicht in eine Kinderkrippe verwandelt, noch war kein einziges Ei gelegt. Dieses Fest war ein Fest der Erwachsenen, ein wildes, stürmisches Fest, das jede Vogelart für sich mit Rangeleien, Schnabelhieben und Liebeserklärungen feierte. Gus dachte an Gulliver, der in einer fremden Gesellschaft gestrandet war und sie um ihre Freiheit, ihre Fröhlichkeit und ihre Härte beneidete. Als er wieder zu Prosp schaute, schüttelte der gerade seine aufgestellten Federn, und Gus konnte zusehen, wie schnell sich das Gefieder wieder in einen glänzenden, schimmernden Frack verwandelte. Dann marschierte er, so schnell er konnte, mit nach hinten abgespreizten Flügeln auf einen anderen Riesenalk zu, streckte seinen Hals dem Himmel entgegen und begann – was Gus inmitten dieser immer noch ohrenbetäubenden Kakophonie nur vermuten konnte – zu singen. Auch der andere Riesenalk streckte sich und schien auf Prosp zu reagieren, wahrscheinlich sang auch er.

Gus verfolgte die Szene gebannt und ließ Prosp nicht mehr aus den Augen. Die Beklommenheit, die er seit ihrer Ankunft in St. Kilda so stark empfunden hatte, ließ nach. Prosp hatte Einlass gefunden, seine Artgenossen begannen, ihn zu akzeptieren. *Diese Riesenalken sind wunderbare Tiere*, dachte Gus, *so friedliebend und solidarisch*. Plötzlich trat Prosp schnell einige Schritte zurück, als wäre ihm eine Idee gekommen, die keinen Aufschub duldete. Schon stand er wieder vor dem Riesenalk, mit dem er gesungen hatte. Er trug einen Kieselstein im Schnabel, den er dem anderen vor die Füße fallen ließ. Das Rätsel war gelöst: Prosp war ein Männchen, das gerade seinen Balztanz begonnen hatte und mit ihm den Nestbau.

Gus nahm seine Zeichenkohle zur Hand. Er begann, das zu skizzieren, was später seine letzten Erinnerungen an Prosp sein würden. Er wusste nicht, ob er froh war, dass sein Riesenalk nun in die Wildnis zurückkehrte, oder traurig, weil die Trennung bevorstand. Seine Skizzen zeigten Prosp in Großansicht, in seinem Schnabel ein Stein, das Gefieder in allen Schattierungen gezeichnet, während die an ihn geschmiegten Federn des Weibchens nur verschwommen dargestellt waren. Dabei konnte Gus von dort, wo er saß, weder die Federn noch Prosps Augen und selbst den Stein nur sehr undeutlich erkennen.

Ein immer dichterer Schleier legte sich über die Sonne. Plötzlich herrschte Aufregung unter den Riesenalken, Schreie, zwei eng aneinandergelegte Köpfe, deren Tun man als Schnäbeln hätte einordnen können, doch die abgespreizten Flügelstummel, mit denen sie wütend aufeinander einschlugen, sprachen eine andere Sprache. Einer der beiden, nämlich Prosp, lag plötzlich mit ungeschützter Brust am Boden, und der andere – vielleicht der Gefährte des Weibchens, das Prosp umworben hatte – stürzte sich auf ihn, doch

Prosp zeigte gute Reflexe und bekam den Schnabel des Gegners wieder zu packen, was ihm Bisse ersparte. Aber der andere gab nicht klein bei.

Plötzlich war Prosps Flanke mit etwas verschmiert, das logischerweise kein Dreck, sondern nur Blut sein konnte. Gus sprang auf, als wollte er hinstürzen und seinen Freund beschützen, oder wollte er vielleicht – wie auf der Galopprennbahn – seinen Favoriten anfeuern? Doch er gab keinen Ton von sich, er hatte nicht das Recht einzugreifen: Durch diese Schule musste Prosp gehen. Der wälzte sich jetzt auf dem Boden, und der andere mit ihm. Schließlich standen die beiden Riesenalken wieder voreinander und starrten sich mit erhobenen Schnäbeln an. In diesem Moment tauchte das Weibchen auf, trat an die Seite des Vogels, der nicht Prosp war, und streichelte ihn mit dem Hals. Der Kampf war vorbei. Prosp hatte verloren.

Zeit verstrich. Gus sah ein von Hieben gezeichnetes, niedergeschlagenes Tier, in sich zusammengesunken und völlig allein am anderen Ende des Strandes. Vielleicht könnte er noch ein anderes Weibchen erobern, dachte Gus, aber er wusste nicht, welchen Geschlechts die beiden ungebundenen Riesenalken waren, die es jetzt noch gab. Es begann, kalt zu werden. Trotz der Entfernung glaubte Gus zu sehen, dass Prosp zitterte. Die anderen Riesenalken beachteten ihn nicht. Es regnete. Prosp stand auf und steuerte erneut auf den Felsen zu. Die Verletzungen konnten nicht allzu schlimm sein; während er ging, bemühte er sich jedenfalls um eine aufrechte, alles in allem stolze Haltung. Er näherte sich einem Pärchen, es jagte ihn fort. Er näherte sich einem einzelnen Riesenalk, den langen, geschmeidigen Hals tief gesenkt und bereit, ihn um den Hals des anderen zu legen. Schließlich streckte er ihm demütig, mit einer schüchternen Geste seinen Schnabel entgegen und begann, ihn am Schnabel des anderen zu reiben. Der ließ es regungslos geschehen. Sekunden vergingen. Der andere Vogel bewegte den Kopf auf Prosp zu und verpasste ihm damit plötzlich einen Schlag gegen den Schädel, presste seinen Oberkörper an ihn und schlug dabei mit den Flügeln wie entfesselt auf Prosps offene Wunden ein.

Nun geschah etwas, worauf Gus nicht vorbereitet war: Diese geschrumpfte, ausgemergelte Vogelkolonie, die nur noch ein klägliches Überbleibsel war, das sich über jeden Neuankömmling hätte freuen müssen, lehnte sich kollektiv – als hätten sich plötzlich alle Kehlen zu einer Kehle vereint – gegen Gus' Freund auf. Die Kakophonie der anderen Inselbewohner war längst abgeflaut. Die Nacht brach schon fast herein, da ertönte in dieser relativen Stille, dieser Ruhepause für alle Vögel, ein Gezeter wie von einer Bande verrückter

Hexen, die einem anderen Vogel hinterherschrien, einem Artgenossen, der den schnellsten Fluchtweg gesucht hatte oder vor Panik gestolpert war und nun auf dem Bauch den Felsen hinab rutschte, mit hilflos rudernden Flossen, denen die Wellen fehlten, um ihm bei seiner Flucht zu helfen.

Wie sehen Kummer, Verzweiflung und Scham bei einem gedemütigten Tier aus, das keine Freunde und keine Zukunft hat? Prosp kehrte allein zum Strand zurück, gebeugt, mit tief hängendem Schnabel. In möglichst großer Entfernung zu dem Felsen, von dem man ihn verjagt hatte, stieg er auf einen Felsbrocken. Es war Ebbe, und die Dämmerung brach herein. Er legte sich flach auf einen kleinen Vorsprung und rührte sich nicht mehr. Die weißen Flecken an seinem konturlosen, schlaff daliegenden Kopf hoben sich von dem schwarzen Gestein ab, der Schnabel wie eingesunken darin. Prosp hatte bestimmt die Augen geschlossen. Das fröhliche Tier, das einmal Gus gehört hatte, war verschwunden, ersetzt durch einen sehr viel kleiner wirkenden Vogel, der wie ein Schatten seiner selbst auf diesem winzigen Felsvorsprung lag; einem Vogel, der wahrscheinlich nicht mehr wusste, dass er ein Riesenalk war, ein wunderbares Tier, der größte Alkenvogel, den es gab, unter allen Vogelarten der beste Schwimmer und vielleicht das geschickteste Tier der nördlichen Hemisphäre.

Gus kam mit seinem Bötchen näher. Er ruderte, so schnell er konnte. Prosp lag immer noch da, starr und regungslos wie der Fels, als wäre er auf dem besten Weg, selbst zu Stein zu werden. Wahrscheinlich träumte er von einer Zukunft als Fossil, träumte davon, eine der vielen Versteinerungen am Strand zu werden – alte Farne, ausgestorbene Muscheln, Würmer, die vor Millionen Jahren verendet waren. Gus sah Prosps Federn davonfliegen wie Schmetterlinge, und als er noch zehn Meter von ihm entfernt war, sah er auch die nackte, gerupfte Haut. Als es noch vier Meter waren, glaubte er, Prosp weinen zu hören, aber nein, sein Vogel weinte nicht, er war so still wie nie zu vor. Als ihn noch zwei Meter von ihm trennten, rief er nach ihm, doch Prosp reagierte nicht. Gus konnte seine Augen nicht sehen, auch die weißen Flecken verblassten in der zunehmenden Dunkelheit, und die Umrisse des Felsens und des Tiers gingen ineinander über.

Das Meer lag still da, schwarz wie dickflüssiges Öl. Gus musste das Ruderboot sichern, bevor er zu dem Felsvorsprung hochstieg, höchstens drei Meter, viel war es nicht. Doch es gab nichts, woran er das Boot hätte festbinden können. Er klemmte es zwischen zwei Felsen. Eine Minute dürfte reichen, um seinen Vogel zu packen und wieder im Boot zu sitzen, bevor es davontrieb. Erst rutschte sein Fuß ab, doch dann fand er eine Felsspalte, die ihm Halt gab. Sein Oberkörper war nun auf Prosps Höhe. Rasch griff er nach ihm, die Hände um seine Flügelstummel gelegt. Der Vogel gab keinen Ton von sich und leistete keinen Widerstand. Im Boot nahm sich Gus seiner an und säuberte ihm die Wunden; er hatte das Gefühl, mit einem Knochen zu hantieren, einem Relikt verlorenen Ruhms.

Gus hatte es nun mit dem einsamsten Tier der Welt zu tun. Einem Tier ohne seinesgleichen, das als einziges überlebendes Exemplar seiner Art bei Gus und Elinborg lebte. Einem Tier, das in seiner Umgebung mit niemandem die Sprache teilte und im Grunde kein richtiger Riesenalk mehr war, sondern nur ein Ersatz, halb Riesenalk, halb Ente, denn eigentlich lebte er doch wie eine Ente, wenn er in seinem Gehege unterwegs war oder in Küstennähe auf dem Meer herumpaddelte, anstatt durch die Tiefen des Ozeans zu streifen.

Es lag sicherlich an seinem beherzten Wesen, dass Prosp sich von seinen Verletzungen erholte, auch den seelischen. Dieser Vogel, der von seinen Artgenossen zurückgewiesen worden war und keine Nachkommen haben würde, dieser für immer in den Vororten Ithakas gestrandete Odysseus wollte nicht sterben. Vielleicht gab es ja Dinge, die er mochte, vielleicht mochte er Gus und Elinborg und auch das Schaf, das manchmal neugierig zum Gehege kam, um sich – so schien es – über den Zaun hinweg mit Prosp zu unterhalten. Nach seiner Reise wurde er nie wieder krank. Von Zeit zu Zeit ließ Elinborg ihn ins Haus. In seinem verwirrten Kopf hielt er sich wohl für einen Menschen. Und so widerfuhr diesem weltweit einzigartigen Geschöpf, das nie seinem Nachwuchs das Schwimmen beibringen und nie einem anderen Riesenalk die Federn putzen würde, das außergewöhnliche Schicksal eines Helden, eines Überlebenden. Kein anderer Riesenalk würde jemals diese Erfahrung machen.

Seit seiner Rückkehr aus St. Kilda fand Elinborg ihren Mann zerstreut. Aber vielleicht, so ihre Überlegung, verwechselte sie ja Zerstreutheit und Besessenheit; und Letzteres passte ja nun sehr zu ihm. Gus arbeitete viel, abgeschottet in seinem Arbeitszimmer, aber er schien auch bei Tisch oder auf ihren Spaziergängen immer an etwas anderes zu denken als an das, was sie gerade taten.

»Wenn mich plötzlich jemand wegzaubern würde – du würdest es gar nicht merken!«, schleuderte sie ihm einmal entgegen, und dann rannte sie auch schon den Hügel hinauf und vor ihm davon.

Er lief ihr nach, holte sie ein, drückte sie an sich, und ihr flatterndes, zerzaustes Haar strich ihm über den Nacken und übers Kinn. Aus Spaß tat er so, als wollte er ihre Haare aufessen und würde sich daran verschlucken, und dann fielen sie zu Boden und rollten schließlich ineinander verschlungen den Hang hinunter. Anschließend entschuldigte er sich dafür, dass er so geistesabwesend war. Auf St. Kilda habe ihn eine Sache sehr durcheinandergebracht, das sei alles.

Tatsächlich kreisten seine Gedanken seitdem um eine Idee, doch es gelang ihm nicht, sie auf den Punkt zu bringen. Er erzählte Elinborg die Frankenstein-Geschichte von Mary Shelley, die seine Frau nicht gelesen hatte. Er habe nicht vor, einen neuen Menschen zu erfinden, erklärte er ihr, aber er sei ähnlich wie dieser verrückte Gelehrte von einer Sache besessen, die so gigantisch sei wie die Menschheit oder vielleicht sogar die Erschaffung der Welt. Worauf Elinborg anfing, ihn Frankenstein zu nennen und von seinem »Labor« zu sprechen, wenn er das Arbeitszimmer partout nicht verlassen wollte.

Von seinem Schreibtisch aus, der vor dem Fenster stand, beobachtete er Prosp in seinem Gehege und fragte sich, ob er ihm nicht einen tierischen Begleiter suchen sollte, der besser wäre als das Schaf, das kam und ging und ihn manchmal auch im Stich ließ. Er kritzelte Sätze aufs Papier, strich sie durch, schrieb sie wieder hin. Ihm kamen Erinnerungen, deren Durcheinander er zu ordnen versuchte: Buchanan, wie er ihm in Stromness vom Riesenalken-Markt erzählte, Jakupsson, wie er von Hexen sprach oder von Riesenalken, die man für Hexen hielt und ausrottete. Er spürte, dass etwas sein Gehirn blockierte, eine Art Felswand, aber blau, ziemlich glatt und unwirklich.

Also blickte er wieder von seinem Blatt auf. Er sah Vögel am Himmel; sah das Meer, in dem er Delfine zu erkennen glaubte, die für einen kurzen Moment aus den Wellen auftauchten; sah Möwen, die kleinere Fische erwischten; und links von ihm auf den Hügeln sah er im Geist Tausende von Feldmäusen, die über Tausende von Wirbellosen herfielen: eine Welt des Überflusses, in der jeder irgendjemanden fraß und dennoch alle überlebten. Dann dachte er an die Jagd, an die vielen getöteten Fasane, die trotzdem nicht ausstarben.

Da war etwas, das er gedanklich nicht erfassen konnte, aber was? Er bekam Schluckauf, und als der Schluckauf vorbei war, beugte er sich wieder über sein Blatt. Was lebte, konnte nicht einfach verschwinden. Sicher, es hatte Cuviers Katastrophentheorie gegeben, die erklärte, warum vor Urzeiten enorm große Tiere wie das Riesenfaultier namens Megalonyx oder das Rüsseltier, von dem man Reste gefunden hatte, verschwunden waren.

Wie alle seiner Generation glaubte Gus nicht mehr an diese Theorie und bevorzugte Lamarcks Transformationslehre, der zufolge sich diese Arten verändert hatten, hin zu der modernen Form, die man kannte. Im Übrigen wusste man inzwischen, dass der Mensch und zum Beispiel das Rüsseltier zur gleichen Zeit gelebt hatten. Und da die Spezies Mensch als letzte in Erscheinung getreten war, konnte es keine Katastrophe gegeben haben, denn durch sie wäre ja nicht nur das Rüsseltier, sondern auch der Mensch ausgestorben.

Das alles war also sehr verworren. Der Mensch vernichtete Tiere, aber eben *schädliche* Tiere – es sei denn, sie waren so klein, dass es ihm nicht gelang. Darüber war jeder auf dem Laufenden, und schon stand Gus wieder vor dieser Wand, und sein Gehirn setzte aus. Ihm fehlte etwas, das seine Gedankengänge strukturiert hätte, das all diese auseinanderdriftenden Ideen, die nichts Erhellendes zur Situation beitrugen, in eine Logik gebracht hätte – womit er wieder bei Prosp angelangt war, den man ja keinesfalls als ein für den Menschen *schädliches* Tier betrachten konnte.

Er verfasste Briefe an Naturforscher und Paläontologen, die er kannte, und natürlich an Garnier, der ihm antwortete: »Die Riesenalken werden zweifelsohne seltener, das wissen wir. Ich finde jedoch, dass Sie sich allzu große Sorgen machen.

Ist es denn wirklich ein Thema, ich meine, ist es so gravierend? Ist es nicht wahrscheinlicher, dass diese Tiere versteckt an einem anderen Ort leben? Eines Tages werden sie in nie dagewesener Zahl wieder in Erscheinung treten.«

Gus war durchaus gewillt, ihm zuzustimmen. Hatten die Riesenalken nach dem massenhaften Zustrom von Kabeljaufischern denn nicht auch schon die Küsten Kanadas verlassen? Und wohin waren sie ausgewichen? Hierher, an einen Ort, den sie bereits kannten, bis dahin aber wenig genutzt hatten. Kurzum, wenn sie damals abgewandert waren, konnten sie es heute noch einmal tun.

Krøyer, den Gus in Kopenhagen kennengelernt hatte, klärte ihn weiter auf:

Haben Sie Charles Lyell gelesen? Was schon stattgefunden hat, findet weiter statt, oder anders gesagt, was wir vor Augen haben, ist schon Vergangenheit. Wenn also riesige, ja gigantische Tiere, deren Knochen wir finden, ausgestorben sind, können auch in unserer Zeit Tierarten verschwinden. Die Welt ist immerzu in Bewegung, in stetem Wandel, aber so langsam, dass wir die Veränderungen nicht sehen können. Ich hoffe, dass Cuviers Katastrophentheorie – diese Idee einer schlagartigen Veränderung, einer plötzlich neu entstandenen, anderen Welt – ein für alle Mal überholt ist. Es geht doch eher um die Idee von Kreisläufen. So werden vielleicht eines Tages die Mammuts wieder auftauchen, das wäre wahrlich lustig, nur für die Elefanten natürlich nicht. Ich scherze, aber manchmal ertappe ich mich bei solchen Träumereien.

Und so beschaffte sich Gus die englische Ausgabe – eine andere gab es nicht – von Charles Lyells Buch *Lehrbuch der Geologie*. Es war überwältigend, außergewöhnlich und von ganz neuer Art. Der Untertitel sagte schon alles: Ein *Versuch, die früheren Veränderungen der Erdoberfläche durch noch jetzt wirkende Ursachen zu erklären*. Was das Aussterben der Arten betraf, gab es Lyell zufolge mehrere Erklärungen: die Veränderung des natürlichen Lebensraums (womit er Lamarck alt aussehen ließ, der an eine gelungene Anpassung, mit anderen Worten eine Verbesserung glaubte); den Wettbewerb mit anderen Arten; und schließlich den Menschen, der sich wie gehabt schädliche Tiere vom Hals schaffte, dessen wachsende Bevölkerung aber darüber hinaus zu einem Rückgang oder sogar zur Vernichtung gewisser Arten führte. So erwähnte er etwa den Emu, den er für gefährdet hielt. Allerdings sah er darin einen natürlichen, letztlich nicht beunruhigenden Vorgang, der einem Naturgesetz folgte und so unumgänglich war wie der Tod, gegen den man ja auch nichts ausrichten konnte. So war das Leben nun einmal, hätte Gus gesagt, und dieser Gedanke gab dem Ganzen eine resignierte, pessimistische, durchaus brutale Färbung.

In der Antwort an Krøyer formulierte er sein persönliches Problem mit Lyells Ansatz: »Keiner der Mechanismen, mit denen er das Artensterben erklärt, trifft auf den konkreten Fall des Riesenalks zu. Das Klima nicht, denn am Lebensraum hat sich nichts verändert, und vor nicht einmal zwanzig Jahren gab es trotz gleicher geographischer Gegebenheiten noch zahlreiche Riesenalken. Und auch nicht der Wettbewerb mit anderen Arten, denn ich wage zu behaupten, dass der Riesenalk keine Feinde hat. Weder Robben noch Papageientaucher haben es nötig, mit ihm um sein Revier zu kämpfen. Bleibt also der Mensch: Aber inwiefern sollten uns die Riesenalken, die weit weg von uns leben, denn schaden? Das leuchtet mir nicht ein. Könnte es also sein, dass wir Menschen einen Fehler begangen haben?«

Am Ende dieses Briefs hatte Gus das Gefühl, begriffen zu haben, warum es diese Wand gab, die sein Verständnis immer wieder blockierte: Die Ungerechtigkeit, die den Riesenalken widerfuhr, ließ sich einfach nicht begreifen. Und genau das – unbegreiflich zu sein – war ja das Wesen der Ungerechtigkeit.

Dargenais, ein Amateur-Naturforscher und Freund, wies in einem Brief wiederum auf John Fleming hin, mit dem sich Gus vor seiner Abreise aus Frankreich flüchtig beschäftigt hatte:

Er zeigt auf, schrieb Dargenais, *dass der Fortschritt der menschlichen Gesellschaften – ich zitiere aus der Erinnerung – Einfluss auf die geographische Verbreitung der Tiere hat. In England sind viele Arten verschwunden, etwa der Biber, und doch ist er deshalb nicht ausgestorben. Was zeigt, dass der Mensch verheerende Auswirkungen auf die Arten haben kann, dass sein Einfluss letztlich aber, so stelle ich es mir vor, angesichts der immensen Oberfläche des Globus, eingeschränkt ist.*

Sie würden Fleming sicher mögen (er hat Lyell beeinflusst), ich glaube, auch bei ihm gab es eine Begebenheit mit einem Riesenalk, den er mit nach Hause nehmen wollte. Der dann aber starb. Ich habe gehört, dass Fleming sehr betroffen war. Ob die Geschichte erfunden ist, weiß ich nicht. Letztlich habe ich keine Kenntnis von einer unlängst ausgestorbenen Tierart, vielleicht ja der Dodo, doch der Zeitpunkt seines Verschwindens ist nicht bekannt. Und er lebte ja nun auch am Boden, gefangen auf einer Insel. Da er weder schwimmen noch fliegen konnte, war es ihm unmöglich zu fliehen, als die Fressfeinde kamen. Im Hinblick auf Prosp ist er insofern wenig aussagekräftig.

Gus konnte nicht anders, als ihm zu glauben: Die »immense Oberfläche des Globus« war eine Tatsache – dann hielten sich vermutlich irgendwo auf der Erde tatsächlich Riesenalken versteckt. Wenn sich eine Tierart früher einen anderen Lebensraum gesucht hatte, sollte sie doch heute immer noch dazu in der Lage sein. Warum sollte das unwahrscheinlich sein? 1816 hatten Bären auf Island das gesamte Damwild ausgerottet, aber an anderen Orten der Welt gab es noch Damwild, und dank Dargenais fiel ihm jetzt auch das Schicksal der Biber in England wieder ein – und wimmelte es heute in Amerika nicht von Bibern? Einer ganz und gar Lyell'schen Argumentation folgend konnte oder musste sich etwas, das schon einmal geschehen war, wiederholen, es dürfte also in irgendeinem Winkel dieser Welt, den Gus nicht kannte, von Riesenalken wimmeln.

Elinborg wurde schwanger. In dieser Zeit kam sie Prosp näher. Meistens war sie nun diejenige, die mit ihm an den Strand ging und ihn schwimmen ließ. Zu ihrer und Gus' Überraschung brauchte Prosp die Leine nicht mehr. Auch ihn hatte der kurze Aufenthalt auf St. Kilda verändert. Gus glaubte, dass er nicht mehr in die Wildnis zurück wollte, weil dort nicht mehr sein Platz war. Er schwamm nun weiter hinaus als früher und kehrte jedes Mal zurück.

Ein Mädchen kam auf die Welt. Sie nannten es Augustine, zu Ehren ihres Vaters und weil französische Vornamen für Elinborg einen zauberhaften, exotischen Klang hatten. Gus begann wieder zu reisen. Mit einer Expedition, die auf den Färöern Halt machte, reiste er nach Island. Er kam durch das Fischerdorf Reykjavik. Die Einwohner lebten in Hütten mit Grasdächern, was ihn nicht verwunderte, denn er hatte in der ganzen Region schon viele dieser Hütten gesehen.

Er sammelte Pflanzen und beteiligte sich an hydrographischen Untersuchungen. Im darauffolgenden Jahr reiste er mit einer anderen Expedition nach Grönland, wo er Eisberge sah. Niemals hätte er sich etwas so Schönes vorstellen können, vor allem aber sah er darin eine exakte Abbildung jener Wand, die sein Denken blockierte und nun vor ihm Gestalt annahm, gewaltig und blau, angsterregend und glatt. Es war ein so verblüffendes Schauspiel, dass er einen Moment lang damit rechnete, hier und jetzt zu sterben, überwältigt von dieser Erhabenheit. Schwindel erfasste ihn, fast verlor er auf dem Schiffsdeck das Gleichgewicht, und dabei hatte er das Gefühl, zu fliegen.

Auf der Heimreise über das nördliche Skandinavien führte er topographische Erhebungen durch und machte sich Notizen über die Sprache der Lappen und ihre medizinischen Abkochungen. Aus Rentierleder nähte er sich Stiefel, von denen Elinborg und er bei seiner Heimkehr feststellten, dass ihre Höhe exakt der Größe von Augustine entsprach. Und weil sie auch biegsam und dank ihres Innenfells schön weich waren, hielt das Mädchen sie für ein Spielzeug. Man überließ sie ihr. Wieder wurde Elinborg schwanger, und diesmal gaben sie ihrem Sohn den färöischen Namen Ottarr, zu Ehren dieser Inseln, auf denen Gus glücklich war, und weil er die Exotik nordischer Wörter mochte.

Prosp war nicht eifersüchtig auf die Kinder, auch wenn er sich ungern in ihrer Nähe aufhielt. Dennoch hatte er ein Auge auf sie, vielleicht auch, weil er ihnen misstraute. Wenn ein Kind hinfiel oder sich an etwas stieß und Elinborg gerade nicht in der Nähe war, schrie er aus voller Kehle, bis sie kam. Sobald sie wieder da war, entfernte er sich leicht verärgert, den langen Schnabel steif vor sich her tragend, aber wohl auch mit dem Gefühl erfolgreicher Pflichterfüllung und dazu einem Hauch mitleidigen Bedauerns mit dieser Mutter, die ohne ihn verloren wäre. Gus fragte sich, wie Prosp den Unterschied zwischen Kindern und Erwachsenen ausmachte – woran er die Zerbrechlichkeit und Abhängigkeit kleiner

Menschen erkannte, die Hilfe und Unterstützung brauchten.

Eines Tages fand er auf dem Markt in Tórshavn eine Gans. Er kaufte sie. Fett war sie nicht gerade und wirkte so misslaunig wie alle Gänse, aber ihre Größe, die Prosps Größe nahekam, gab Anlass zur Hoffnung, dass sie ihm gefallen und ihm Gesellschaft leisten könnte. Sollte es nicht funktionieren, sollten sich die beiden Vögel streiten, könnten sie die Gans immer noch essen.

Im Gehege des Riesenalks stellten Elinborg und Gus die beiden einander gegenüber. Es wurde eine Katastrophe. Die Kopffedern vor Wut und Empörung senkrecht aufgestellt, ging Prosp auf das Tier los. Die Gans ergriff die Flucht, mit ihren ausgebreiteten Flügeln deutlich eleganter als Prosp – es ließ sich wirklich nicht leugnen. Da sie auch schneller war als er, konnte sie im Gehege zwei panische Runden drehen, während Prosp gerade mal eine halbe zurücklegte. Dafür war der schrille, durchdringende Schrei des Riesenalks sehr viel angsteinflößender als das, was die arme Gans von sich gab.

Elinborg und Gus rannten nun ihrerseits hinter den beiden Vögeln her, um das drohende Gemetzel zu verhindern. Elinborg gelang es, die Gans zu packen und mit dem Arm ihren Hals einzuklemmen. Gus wiederum fing sich einen Schnabelhieb von Prosp ein, der ihn am Ohrläppchen verletzte.

Sie verließen das Gehege mit der Gans. Als sie das Törchen hinter sich schlossen, nahm Prosp seine mürrische, aufrecht sitzende Pose ein, die Füße im Gefieder versunken. Sein Blick schien Blitze zu entsenden, dachte Gus, denn sein Vogel beherrschte das Spiel mit den Lichtreflexen so perfekt, dass er ein dunkles Glitzern in seine Augen zaubern konnte.

Ein paar Tage lang trennten sie die beiden und brachten die Gans auf der anderen Seite des Zauns unter. Anfangs gab Prosp vor, sie gar nicht bemerkt zu haben, aber Elinborg fiel bald auf, dass er jede noch so kleine Bewegung der Gans zwar immer noch verärgert, aber auch neugierig verfolgte. Sobald sie in sein Blickfeld geriet, hörte er auf zu fressen oder sich zu kratzen oder seinen Kopf ins Wasser zu tauchen. Einige Tage vergingen, und Prosp fing an, sich wie in Anwesenheit des Schafs dem Zaun zu nähern. Jetzt schaute er die Gans ohne jede Feindseligkeit an. Sie wiederum blieb distanziert, stolzierte in einigen Metern Abstand umher und legte dabei eine grausame Gleichgültigkeit an den Tag. Elinborg fand, dass sie kokettierte, während Prosp zum Verehrer wurde, mit anderen Worten: die Zutraulichkeit wuchs. Als Gus eines Tages zum Gehege kam, sah er Prosp und die Gans schließlich beisammen sitzen, jeder auf seiner Seite des Zauns, die Schnäbel aneinandergelegt. Am nächsten Tag wurden sie zusammengeführt.

Von nun an schliefen sie oft Seite an Seite, die Hälse aneinander geschmiegt, wobei der Gänsehals deutlich länger war, so lang, dass die Gans den Hals des Riesenalks mit ihrem fast umschlingen konnte. Mit ihrem farblich kontrastierenden Federkleid erinnerten sie aus der Ferne an zwei antike Amphoren. Nachts suchten sie Seite an Seite Schutz in der Scheune und putzten sich gegenseitig die Federn. Sie trennten sich kaum noch voneinander, außer beim Fressen, was jeder für sich tat – hier Körner, dort Fische –, oder wenn Prosp schwimmen ging.

Ottarr war drei Jahre alt und Augustine fast fünf, als Buchanan 1843 auf den Färöern eintraf. Er war im Pelzhandel reich geworden und arbeitete nun für die Hudson's Bay Company. Er war auf dem Weg nach Kanada. Er hatte sich nicht verändert, war nicht einmal gealtert, fand Gus. Genauso bleich wie früher, genauso lang. Seine ganze Erscheinung erinnerte Gus an eine Alge in hellen Brauntönen, eine Alge, die sich im Meer hin und her bewegte, geschmeidig, sonderbar, weder hässlich noch schön.

Sie beschlossen, eine Wanderung landeinwärts zu machen. Die Landschaft war monoton und vor allem leer, das Gras sah verbrannt oder zumindest angesengt aus, was im Oktober ja durchaus logisch war. Sie schliefen in einem Zelt, machten Lagerfeuer. Von Weitem sahen sie Füchse und auch Kaninchen, die von den Füchsen gejagt wurden. Die Luft war so stechend kalt, dass sogar Buchanans Gesicht rot wurde. Sie unterhielten sich im Gehen; die Eintönigkeit der Landschaft, das Gefühl, allein zu sein in dieser menschenleeren, majestätischen Szenerie mit ihren unzähligen Hügeln, half ihnen, sich zu konzentrieren.

Gus erfuhr von Buchanan, dass man auf St. Kilda in diesem Jahr keinen einzigen Riesenalk mehr gesehen hatte und sie dort wahrscheinlich ausgestorben waren. Gus hatte das Gefühl, vom Tod eines persönlichen Feindes zu hören. Im ersten Moment spürte er – als ginge es hier um eine persönliche Blutrache – so etwas wie Freude, den heißen Hauch der Vergeltung und die kurze Genugtuung, dass nun der Gerechtigkeit Genüge getan war. Doch schon zog sich seine Brust zusammen.

»Das glaube ich nicht«, entgegnete er, jede Silbe so hart wie ein Hammerschlag. »Das kann nicht sein. Sie müssen woanders sein. Eine Tierart, die es vor dreißig, vierzig Jahren noch im Überfluss gab.«

»Kennen Sie die Geschichte des Steinbocks? In Savoyen war er fast ausgestorben. Der König von Sardinien-Piemont hatte die gute Idee, für die Dauer von mehreren Jahren die Jagd auf ihn zu verbieten. Warum soll es nicht möglich sein, dass der Mensch eine Tierart ausrottet? Oder sie rettet? Erklären Sie mir das.«

»Aber so schnell, nein, das verstehe ich nicht. Sehen Sie die Füchse dort? Sie sind da.«

Gus deutete auf die vagen Umrisse eines Tiers, das in der Ferne umhersprang. Es war vielleicht gar kein Fuchs, aber das spielte jetzt keine Rolle.

»Wir essen sie nicht.«

»Oder die Hasen, da, schauen Sie!«

»Wie viele Junge bringt eine Häsin zur Welt? Und wie viele Eier dagegen ein Riesenalk-Paar? Sehen Sie? Die Rechnung ist schnell gemacht. Vielleicht kann unser Riesenalk in der Welt, wie sie heute ist, nicht mehr bestehen. Man muss Elefant sein, um sich eine so mickrige Nachkommenschaft erlauben zu können.«

Gus dachte an das Grindadráp, das alljährliche Fest hier auf den Färöern, an dem er einmal teilgenommen hatte. Man lockte die Delfine in eine Bucht, kesselte sie ein, die Männer wateten bis zu den Oberschenkeln ins Wasser und zogen sie mit Haken und Seilwinden an den Strand, wo man sie erstach und ihnen die Wirbelsäule brach. Überall war Blut, auf den Kleidern, dem Boden. Am Anfang war Gus nicht schockiert. Der Ekel kam erst, als er sah, dass Delfine manchmal bei lebendigem Leib in Stücke zerlegt wurden, und miterlebte, wie ein Holzhammer auf die Wirbelsäule eines Tiers niederging. Am Ende teilte man sich das Fleisch und das Fett: Davon konnten sich die Bewohner, die hier sehr arm waren, monatelang ernähren. Gus und Elinborg hatten auch davon profitiert.

Gus dachte wieder an die Insel Eldey und die auf den Eiern der Riesenalken herumtrampelnden Männer, die zu Hause vielleicht auch an Grindadráps teilgenommen hatten, nur dass sie bei ihnen anders hießen. Er dachte an die Leute hier, seine Freunde und Bekannten, die den Schafen mit bloßen Händen die Wolle aus dem Fleisch rissen. Und trotzdem – wollte er Buchanan entgegnen – lebten die Delfine noch, und die Schafe gingen nicht in den Freitod.

»Die Riesenalken von St. Kilda sterben jedenfalls aus«, sagte Buchanan, als hätte er ihm in den Kopf geschaut.

»Warum sollen sie nicht in die Antarktis oder den Südlichen Ozean aufgebrochen sein? Ja, warum nicht? Was ist mit den Pinguinen? Ich wüsste nicht, warum es da, wo Pinguine leben, nicht auch Riesenalken geben sollte. Mal ehrlich, finden Sie nicht, dass sie sich ähneln? Glauben Sie nicht, dass Prosp am Kap von Afrika glücklich wäre?«

»Ohne Sie wäre er inzwischen nirgendwo mehr glücklich. Denken Sie nach, Auguste. Was selten ist, verschwindet zwangsläufig, das können Sie bei Malthus lesen, das läuft exponentiell: Den Menschen geht es gut, also vermehren sie sich unbegrenzt, das ist wie eine Pyramide, die auf dem Kopf steht. Denn genauso rasant verringert sich das, was weniger wird, das ist *logisch*. Und wenn Sie erlauben, Auguste, Riesenalken hat man am Kap noch nie gesehen.«

Neben seinem Freund im borstigen Gras sitzend biss Gus in ein Stück kalte Wurst. Alles, was er sah, die Landschaft, die ganze Erde wirkte konstant, unwandelbar, nichts schien sich jemals verändert zu haben oder in Zukunft anders zu werden. Er selbst tat das, was Generationen vor ihm schon taten – fischen, hin und her laufen, den Tod eines Wals erleben, den Papageientauchern und Eissturmvögeln zusehen, wie sie in den Felsen ihre Eier legten. Schimmel oder Pilze im Haus konnte man ausmerzen, sie kamen trotzdem immer wieder. Warum sollte es bei einem Vogel anders sein?

Er wollte Garnier in seinem Optimismus folgen: Keine Veränderung war absolut, es gab vitale Kräfte, die wirkten, das Leben bildete sich immer wieder neu. Aber er hatte Buchanan nichts entgegenzusetzen. Natürlich konnte etwas, das zahlenmäßig zu stark abnahm, nur weiter schrumpfen, und ein Tier, dessen Populationen immer kleiner wurden, konnte mit einem Ei pro Jahr den langfristigen Erhalt seiner Art nicht gewährleisten.

Hundert Riesenalkpaare erzeugten hundert Eier, vierzig Junge starben, bevor sie das Erwachsenenalter erreichten, zwanzig Tiere starben des Weiteren durch verschiedene Umstände, blieben also vierzig Riesenalken, die bei gleichen Lebensbedingungen mit denselben Verlustraten zu tun hatten, und so würde nach und nach alles zu Ende gehen. Vielleicht ging ja jetzt schon alles zu Ende, dachte Gus, nur dass er es nicht sehen konnte. Während er hier in seine Wurst biss, wandelte sich die Welt – langsam, so langsam, dass er nicht spürte, wie sich der Boden bewegte und sich das Erdbeben unter seinen Füßen vorbereitete. Ja, alles war jetzt schon anders, traurig, morbide, sinnlos und brutal; ja, alles war letztlich in Blut getaucht.

Sie kehrten wieder zu Gus' und Elinborgs Haus zurück. Buchanan würde am nächsten Tag in aller Frühe wieder abreisen. Zu dritt statteten sie am Abend Prosp und der Gans noch einen Besuch ab. Der Riesenalk kam gleich auf Buchanan zu, zwickte ihn in die Hose und starrte ihn sekundenlang an. Woraus Buchanan schloss, dass der Vogel ihn wiedererkannt hatte. Er war gerührt und fühlte sich geschmeichelt. Gus widersprach seinem

Freund nicht, obwohl er im Verhalten des Riesenalks nur den berechtigten Ausdruck von Neugier gegenüber einem Besucher sah, was wieder einmal zeigte, dass Prosp kein Wildtier mehr war. Es schien tatsächlich so, als hätte er, Gus, eine neue Spezies begründet: den domestizierten Riesenalk.

Welchen Nutzen diese neue Spezies als Haustier haben sollte, sah er allerdings nicht. Von dem einen Ei, das Prosp und seine Artgenossen jedes Jahr legten, ließ sich keine Familie ernähren. Und bei einer so behäbigen Fortpflanzung konnte man auch keine Riesenalken züchten, um sie zu essen. Zudem waren sie zwar hübsch, aber nicht so schön wie Pfauen. Es fiel ihm schwer, sie sich als dekoratives Element in einem Garten vorzustellen. Solche Gedanken bereiteten ihm Unbehagen. Er hatte wie Frankenstein ein Wesen geschaffen, das für immer allein sein würde, von seinen Artgenossen vertrieben, von den Menschen und ihren Haustieren unverstanden – mit Ausnahme der Gans, die bei genauer Betrachtung allerdings keine andere Wahl hatte, wenn sie nicht auf einem Bratspieß enden wollte.

Eine Woche nach Buchanans Abreise musste Gus zum ersten Mal würgen, als ihm der Geruch von Walfischfett in die Nase stieg, eine Reaktion, die auf den Färöern ein ernstzunehmendes Problem war. Als dann sein Schwager Signar von der Jagd zurückkam und Elinborg fürs Abendessen einen erlegten Papageientaucher mitbrachte, schloss Gus sich für vierundzwanzig Stunden in seinem Arbeitszimmer ein und weigerte sich, mit irgendjemandem zu sprechen. Was hatte sich seine Frau dabei gedacht, wie konnte sie so dumm sein, die sterblichen Überreste eines Tiers anzunehmen, das zur Familie der Alkenvögel gehörte? Gus blieb nichts anderes übrig, als sich fortan nur noch von Kabeljau zu ernähren. Alles um ihn herum nahm einen fischigen Geruch an. Er war sich sicher, dass das Meersalz ihm die Knochen und auch die Haare zerfraß, die zwischen seinen Fingern brachen, dass es seinen aufgesprungenen Lippen und seiner ausgetrockneten Haut einen gewissen Geruch verlieh und nicht nur seine Kleidung, sondern sein ganzes Wesen verhärtete.

Er träumte von einer fleischfressenden Umgebung, die nach Erde roch oder wonach auch immer, solange es nichts Jodhaltiges war. Manchmal dachte er an Südfrankreich, an das Violett der Lavendelsträucher, an die gelben Steine des Périgord, die architektonischen Ornamente der Häuser, deren einzige Aufgabe es war, schön zu sein, und an die mit Rosen und Pfingstrosen gefüllten Vasen in den Wohnzimmern. Er sehnte sich nach Bäumen, Wäldern und stillen, ruhigen

Wiesen anstelle dieses endlosen Meeres, das immer in Bewegung war. Er war sich sicher, dass seine ursprünglich braunen Augen allmählich ausblichen und den schlammigen, undurchsichtigen Farbton von Buchanans Augen annahmen.

Er konnte nicht anders, er misstraute den Menschen seiner Umgebung. Er hatte keine Angst vor ihnen, sorgte sich nicht um die eigene Person, um Elinborg oder die Kinder, aber er fürchtete den Einfluss ihrer Brutalität. Anstelle von Händen glaubte er bei ihnen Haken zu sehen, an denen mit rosa Fleischfetzen durchzogene Wollbüschel hingen oder der Kopf eines Riesenalks. Diese Menschen waren Barbaren, Wilde, sie waren so wie dieses düstere Fleckchen Erde, seine eintönige Fauna mit ihren Grautönen und dem schmutzigen Weiß angeschlagener Fayence. Da war nichts Helles, nichts Strahlendes, nichts Überflüssiges, weder das fröhliche Gelb einer Blaumeise noch der lustige Puschelschwanz eines Eichhörnchens. Alles war hart und rau, nur aufs Überleben ausgerichtet, nützlich und trist.

Je länger er darüber nachdachte, desto weniger wollte er seine Kinder hier lassen. Ihm war schon immer klar gewesen, dass er sie zum Lernen und Studieren nach Dänemark oder Frankreich schicken würde, doch er hatte sich geirrt: Sie mussten jetzt schon fort, jetzt, da sie noch klein waren, mussten raus aus dieser Atmosphäre der Fäulnis, diesem Leben, in dem sie den Himmel für einen grauen Deckel hielten und sich selbst für das Wichtigste, das zwischen ihm und dem Boden unter ihren Füßen lebte, in dem sie glaubten, dass es außer dem Dach einer Scheune oder eines Hauses nichts gab, um sich vor Regen zu schützen oder vor den Blicken der Nachbarn – dabei lebten ohnehin so wenig Menschen hier …

Er sprach mit Elinborg darüber, sie war weder dafür noch dagegen. Nach Frankreich konnte sie selbst nicht gehen, weil sie kein Französisch sprach, aber nach Dänemark, warum nicht? Sie glaubte nicht, dass ihr das Leben in Kopenhagen gefallen würde, doch das Neue reizte sie schon. Was sie nicht verstand, war die Besessenheit ihres Mannes von Bäumen, seine Weigerung, Schaffleisch zu essen, und die Sache mit den Farben und Blumen. Sie kannte die Schönheit von Gärten, als junges Mädchen hatte sie auf dem Kontinent Gärten gesehen; sie wusste nicht, ob sie ihr fehlten oder nicht.

Gus zog sich immer mehr zurück. Morgens fiel ihm das Aufstehen schwer. Kaum schaute er aus dem Fenster, war ihm schon wieder danach, sich hinzulegen. Einmal stellte er sich krank, und Elinborg ließ ihn eine Woche lang das Bett hüten, so wie sie es mit ihren Kindern tat.

Das Einzige, was ihm noch Energie gab, war Prosp, wenn er sich in seinem Gehege um ihn kümmerte. Dann hätte man meinen können, dass die beiden etwas ausheckten, wie sie da voreinander standen und sich ansahen. Minutenlang neigte Gus den Kopf zu Prosp hin, als raunte er ihm etwas zu, zwei Verrückte, beide gefangen hinter dem Zaun, sogar die Gans schien zu verzweifeln. Warum, fragte sich Gus, nahm er bei Prosp verschwommen etwas wahr, das weit über den Vogel hinaus ging und ihm das Herz schwer machte? Er konnte sich nicht einmal mehr über ihn amüsieren, seinen watschelnden Gang oder wie er sich versteckte, wenn ein Raubvogel am Himmel auftauchte. Das alles machte Gus nur noch traurig, als wäre das ganze Tier ein Ausdruck von Leere. Als nähme ein Paradox in Prosp Gestalt an: die Präsenz von etwas Fehlendem.

Um das Gefühl zu verscheuchen, blinzelte Gus und schüttelte den Kopf, doch es kam jedes Mal zurück. Und Elinborg, die ihn Grimassen schneiden und mit dem Kopf wackeln sah, fing an, sich um ihren seltsamen Mann zu sorgen. Er erschrak ja selbst über seine Melancholie, in die es ihn immer tiefer hineinzog, die ihm das Lachen seiner Kinder, die Zärtlichkeit seiner Frau, die Freude an der Arbeit und den Schlaf verleidete, mit dem er es ohnehin übertrieb. Die Stunden zogen sich dahin, am Abend wartete er auf den Tag, und am Tag träumte er von der Nacht und war jedes Mal enttäuscht über das, was kam. Er wollte das nicht, aber alles weckte Endzeitgefühle in ihm, Prosp natürlich, aber auch Augstine und Ottarr. Wenn die beiden den Hügel hinaufflitzten, sah Gus sie einem Abgrund entgegenlaufen.

Er wusste nicht einmal mehr, ob er Angst davor hatte, mit ansehen zu müssen, wie die beiden zu grausamen Inselbewohnern heranwuchsen, oder ob er die Zerbrechlichkeit alles Seins spürte, das Altwerden seiner Kinder vorausahnte und das Ungemach, das Menschen ihnen und sie selbst vielleicht anderen zufügen würden. Gus hatte das Gefühl, dass sich sein Leben von nun an hinter einer Regenwand abspielte – was auf den Färöern ja auch so war – oder hinter einem schmutzigen Fenster, dessen Staubschicht das Sonnenlicht trübte, was nicht der Realität entsprach.

»Denken Sie nach, Auguste«, hatte Buchanan gesagt, »Riesenalken hat man am Kap noch nie gesehen.« Der Satz hallte ihm immer noch in den Ohren, und dann die Worte: »Was selten ist, verschwindet zwangsläufig.« Aber wie ging das? Was hatte Gus in seinem bisherigen Leben verschwinden sehen? Als er ein Kind war, hatte seine Mutter es geschafft, im Haus einen Ameisenhaufen zu vernichten. Dadurch, dass er bekämpft und verkleinert worden war, hatte er wahrscheinlich eine kritische Schwelle überschritten, jenseits derer er nicht mehr existenzfähig war, und die Ameisen waren verschwunden.

Zwei Wochen lang war es nur ein Gerücht: Auf der Insel Eldey gebe es keine Riesenalken mehr. Dann wurde das Gerücht konkreter: Auf der Insel Eldey sei das letzte Pärchen getötet worden. Die ganze Geschichte hörte Gus schließlich aus dem Mund eines Naturforschers, der aus Island kommend auf dem Weg zu den Orkney-Inseln war. Dieser Forscher war einem Matrosen begegnet, der wiederum einen Monat zuvor von einem Schwarzhändler angeheuert worden war, der Meeresrelikte an Sammler und Museen verkaufte. Dieser Matrose hatte dem Naturforscher erzählt, dass am 3. Juni 1844, also einen Monat bevor Gus von der Geschichte erfuhr, drei Matrosen seines Schiffs auf Eldey an Land gegangen waren, wo sie die Silhouette zweier Vögel ausgemacht hatten. Als sie zum Boot zurückkehrten, baumelten die beiden erwürgten Tiere an je einer Hand. Eine weitere Beschreibung der Szene brauchte Gus nicht: Es war ja immer und überall dasselbe.

»Gab es ein Ei?«», fragte er seinen Kollegen.

»Wenn es eins gab, haben sie es auf der Insel vergessen.«

Als Gus am nächsten Morgen wieder zu Prosp ging, wurde ihm klar, dass er nicht mehr seinen Riesenalk vor sich sah, sondern ein einzigartiges, einmaliges Spezimen, ein schon bald in einem der Felsen am Meer eingelagertes Fossil. Er dachte an das getötete Riesenalk-Paar, das dort, wo es gelebt hatte, eine Lücke hinterließ, eine Leerstelle, die vielleicht noch niemand bemerkt hatte, die sich aber zwangsläufig auf das Vorkommen und die Dichte der anderen Meeresbewohner auswirken würde, auf die Fische, von denen sie sich ernährt hatten, und die Algen, durch die sie wahrscheinlich geschwommen waren.

Im Übrigen hätte schon jetzt alles aus dem Gleichgewicht geraten müssen. Stürme, ein Gewitter oder ein Hexenschwarm hätten auf diese trostlosen Inseln niedergehen müssen, wo durch die Schuld des Menschen alles zugrunde ging. Aber nein, nichts war geschehen, die Dämmerung hatte wie jeden Sommer etwas später als am Vorabend eingesetzt und war vielleicht ein bisschen oranger gewesen als sonst, das Meer ruhiger als an den vorherigen Tagen – eine trügerische Ruhe an diesem Ort, der nichts anderes kannte als Kälte, Wind und die Feuchtigkeit der Gischt. Nichts war geschehen, nur eben das mit den beiden Riesenalken, die sich, als die Matrosen am Ufer angelegt hatten und die Vögel unbeholfen watschelnd die

Flucht ergriffen, anscheinend voneinander getrennt hatten.

Was wäre passiert, wenn es einem der beiden gelungen wäre zu entkommen? Wäre er zurückgekehrt, um sein Ei auszubrüten, seine Nachkommenschaft zu retten? Aber mit welchem Ziel? Wie mochte ihre letzte Reise durch den Ozean gewesen sein? Waren sie getrennt geschwommen oder schon Seite an Seite? Beide waren jedenfalls den Finnwalen, den Orcas und den Walrossen entkommen, um auf einem kalten, harten Felsen an Land zu gehen und dort zu sterben.

Ohne es selbst zu merken, hatte Gus seinen Vogel zwischen die Knie genommen. Er streichelte ihn, ohne den warmen Puls unter seinen Händen zu spüren. Vielleicht sah er in diesem Moment etwas anderes als das feine, dichte Federkleid eines Riesenalks, den er liebte; eines Tiers, mit dessen Tod jede Erinnerung an seine Artgenossen, die er kaum gekannt, und an die Meerestiefen, die er kaum gesehen hatte, erlöschen würde.

Etwas anderes trieb Gus um. Er traute sich nicht, es in Worte zu fassen. Es tat so weh wie etwas, das man bereut, eine dumme Laune, die sich nicht wiedergutmachen lässt: für eine unwichtige Reise in einen Zug steigen, der entgleist, und in Meudon sterben, nachdem man wie Dumont d'Urville das Adélieland entdeckt hat. Es ging nicht um das, was Gus getan hatte, auch wenn er als Mensch dafür die Verantwortung trug. Wie konnte er es in Worte fassen? Hätte er den Orcas, den Eisbären oder einem Vulkan die Schuld für das Aussterben des Riesenalks geben können, wäre Gus leichter darüber hinweggekommen. Aber diese Vogelart musste sterben, weil sie als Rohstoff für Öl, Ragout und Steaks diente, die nicht einmal besser waren als die aus Walfischfleisch.

Was sah er, wenn sein Blick auf Prosp ruhte, den er immer noch zwischen den Knien hielt, während er aufmerksam in eins seiner dunklen, ernsten Augen blickte? Noch erlaubte er sich den Gedanken nicht, dass ihm – wenn Prosp tot wäre – dieser tiefe, mattbraune Blick nirgendwo mehr begegnen würde, und auch nicht diese milchige Membran, die sich im Wasser schützend vor seine Iris schob. Aber genau das war es: Gus hatte Angst, einen Gedanken zu formulieren, der ihm schamlos erschien. Wenn Prosp tot wäre, würde ihn nie wieder so ein Auge fixieren, denn Prosp war kein Pferd, dessen Merkmale Gus in Teilen bei einem anderen Pferd wiederfinden würde. Wenn Prosp tot wäre, könnte er die Besonderheiten seiner Art an keinem anderen Vogel mehr sehen.

Wieder fragte sich Gus, was sein Riesenalk dachte, ob ihn die gleiche Angst umtrieb. Vielleicht spürte er ja auch, dass in dieser Welt gerade etwas aus dem Gleichgewicht geriet, als hätte ein Radiergummi begonnen, ihm den Schwanz und den Schnabel wegzuradieren. Bestimmt war es seltsam, Prosp zu sein: gezwungen, so anders leben zu lernen und Gus als Freund zu haben, ein Wesen, dem seine Sprache fremd war, mit dem er niemals gemeinsam ins Meer hinausschwimmen und niemals Junge haben würde. Plötzlich hatte Gus das Gefühl, dass er selbst ein Riesenalk geworden war, dass er dachte und fühlte wie Prosp, während die Welt, ihre Welt, nach und nach vor ihren Augen verblasste und sie beide, Gus und Prosp, aneinander gelehnt inmitten einer langsam ergrauenden Landschaft versteinerten.

III

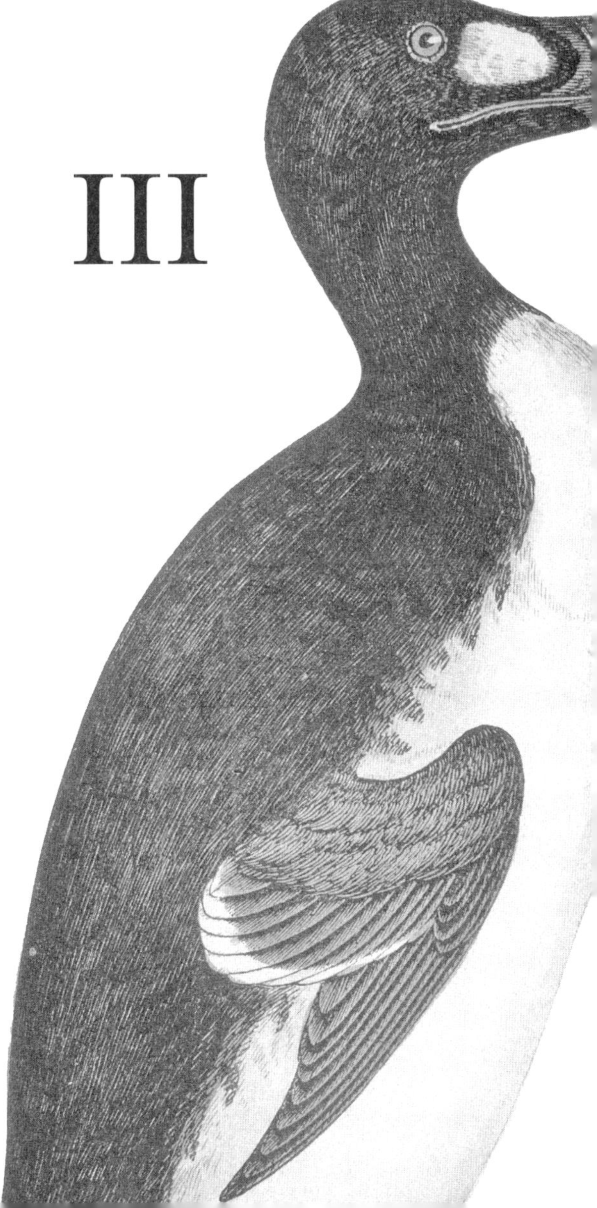

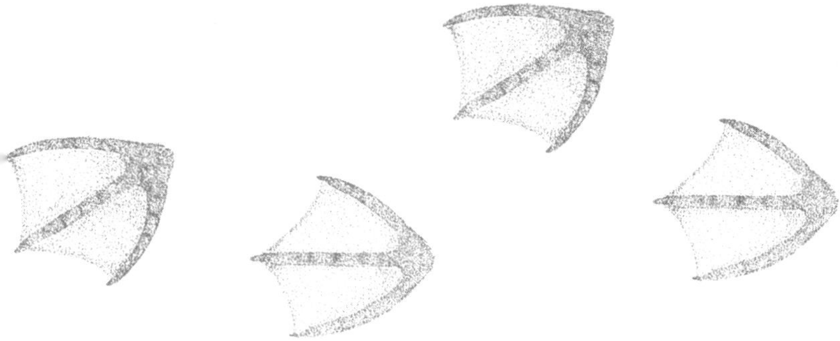

SIE ROCHEN nicht mehr nach Fisch, Gus' Haut spannte nicht mehr vom vielen Salz, und Elinborgs Haar, das sie nun glatt und mit einem Haarband trug, zerzauste nicht mehr im Wind. Die Kinder hatten einen Hauslehrer, der hin und wieder unter Bäumen mit ihnen spazieren ging. Alle mochten Dänemark, die breiten Straßen, das Klappern von Hufen auf den Pflastersteinen, die vielen Menschen.

Gus hatte 1845 eine Stelle an der Universität von Kopenhagen gefunden. Er hatte seine Forschungen auf die Biologie, die Flora des Nordens ausgeweitet. Mehrmals in der Woche kamen seine Studenten abends zum Essen. Dann wurde in entspannter, familiärer Atmosphäre mit großem Ernst über alles diskutiert. Ihr nicht gerade riesiges Haus, das außerhalb von Kopenhagen lag, hatte einen mehr oder weniger verwilderten Garten, zu dem natürlich ein Becken gehörte; gleich davor lag das Meer, was auch für Prosp wichtig war. Oft kamen Schiffe vorbei, doch der Vogel hatte sich daran gewöhnt.

Prosp führte also in etwa das gleiche Leben wie früher, seit einem Monat allerdings mit dem Unterschied, dass er regelmäßig neben Augustine für ein Gemälde Modell stand. Auf diese Idee waren der Maler und das kleine Mädchen gekommen. Es würde ein schönes Kinderporträt werden, Augustine in einem schlichten Baumwollkleid, von dem sich streng und gefährlich der Schnabel des Riesenalks abhob, während das Mädchen den Maler oder vielleicht auch seine Staffelei fixierte, ernst und doch etwas verschmitzt, denn ihr war ja bewusst, dass sie Modell saß. Der ganze Hintergrund war seerosengrün. Einem Außenstehenden musste dieses Motiv seltsam erscheinen – ein Vogel, der im Übrigen mehr und mehr wie ein Priester aussah, dazu ein Mädchen mit zerzaustem Zopf, als hätte es eben noch gespielt –, aber Gus fand, dass darin die Freundschaft und die Normalität ihres Zusammenlebens mit Prosp zum Ausdruck kam.

An die Zukunft der Riesenalken wollte er nicht mehr denken. Seiner war jetzt einfach ein originelles Haustier, Ausdruck einer von den Studenten bewunderten Extravaganz, und natürlich sein Freund. Dass die Spezies Riesenalk im Begriff war auszusterben, dafür gab es keine Lösung, es war ein so monströses Ereignis, dass man am besten nicht mehr darüber nachdachte und sich damit begnügte zu leben. Deshalb hatte er auch die Flora zu seinem Forschungsgebiet gemacht. Ein Gänseblümchen zu verlieren erschien ihm weniger dramatisch als das Ende eines Lebewesens, das Gefühle und eine Stimme hatte.

Wenn in einigen Jahren jemand das Portrait von Augustine und Prosp betrachten würde, dachte Gus manchmal, würde er sich fragen, was für ein Fabeltier diese Kreatur bloß war, diese riesige Lumme, die keine richtigen Flügel hatte, dafür aber einen Schnabel, der wie das Maul eines Nashorns aussah. Die Frage kam ihm selbst manchmal in den Sinn, wenn er seinen Vogel betrachtete, und dann verscheuchte er den Gedanken schnell, weil ihn ein Gefühl von Hilflosigkeit überkam und auch vage Schuldgefühle, dass er es damals auf Eldey nicht geschafft hatte, zu ihrem eigenen Schutz noch mehr Riesenalken zu fangen.

Prosp wurde älter, aber erstaunlicherweise war er immer noch sehr lebhaft und in gewisser Weise wie ein Kind. Er liebte Krustentiere, die er jedem Fisch vorzog. Wenn man ihm zu häufig Heringe gab, kam es vor, dass er sich beschwerte. Einmal hatte er eine Brotscheibe stibitzt, die Ottarr im Garten liegen gelassen hatte. Seitdem verlangte er, sobald jemand ein Stück Brot in der Hand hielt oder sich einen Keks nahm, hemmungslos schreiend und ohne jede Angst vor Bestrafung ein Stück davon. Gus glaubte, dass sein in Watte gepacktes Leben, in dem er nie um Nahrung hatte kämpfen müssen, diesen Eigensinn und eine übertriebene Anspruchshaltung gefördert hatte, fast so, als sähe er sich den Kindern gleichgestellt, die von ihren manchmal strengen, meist aber nachgiebigen Eltern abhängig waren.

Wenn Gus jedoch abends, nachdem die Studenten gegangen waren, in dem Gewächshaus, das er wiederhergerichtet hatte, allein mit Prosp war, merkte er seinem Tier eine gewisse Schwermut an. Wobei er sich fragte, ob er nicht seine eigene Melancholie einem Vogel andichtete, der mit verhangenem Blick ins Leere starrte. Dann rief Gus nach ihm, winkte, und der Vogel watschelte schwerfällig auf ihn zu und streckte ihm den Hals entgegen, damit Gus ihn streichelte. So wie früher auf den Orkney-Inseln und erst recht auf den Färöern goss ihm Gus nun auch hier regelmäßig drei Krüge Wasser übers Gefieder. Dann richtete sich Prosp auf, spreizte die Stummelflügel ab und begann unter dem Wasserschwall, seine Federn zu putzen.

Gus hatte wieder begonnen, sich Notizen über Prosp zu machen, die nun allerdings anders ausgerichtet waren, so als schwebte ihm eine Enzyklopädie vor, die über die Riesenalken hinausgehen würde. Angefangen hatte es mit der Frage, ob Prosp in der freien Natur inzwischen überhaupt noch allein zurechtkommen würde. Gus fürchtete, dass er sich – an Menschen gewöhnt – bei Gefahr vertrauensvoll zwischen die Beine des erstbesten Matrosen flüchten und ihn um Hilfe bitten würde. Was wusste Prosp denn im Grunde von seiner Umwelt? Dass er selbst ein Riesenalk war, sicherlich nicht, und genauso wenig hatte er eine Vorstellung davon, dass Gus und die Seinen zur Spezies Mensch gehörten. Er wusste nicht, dass sie *sprachen*, dass sie Wörter benutzten, die einen Sinn hatten und miteinander kombiniert einen anderen Sinn ergaben. Ihre Stimmen klangen für Prosp vermutlich wie ein Summen, das eine Gemütslage oder eine Absicht verriet: gute Laune, wenn man ihn morgens begrüßte, oder gute Laune verbunden mit der Absicht, ihm eine Freude zu bereiten, wenn man ihm mittags Heilbutt brachte und dabei rief: »Komm, Prosp, komm her!«

Für ihn war vermutlich alles normal, nichts erschien ihm seltsam, und wenn doch, wäre »seltsam« nur ein Gemeinplatz für alles und nichts. Anders gesagt: Nichts von dem, was er vorfand, war zu hinterfragen. Das Wissen, wozu eine Gabel, ein Fußschemel oder ein Sessel diente, hatte keine Bedeutung; die Gabel war gefährlich und unnütz, die Trittleiter war, wenn man den Kopf zwischen die Stufen steckte, fünf Minuten lang lustig, und der Sessel konnte als Felsvorsprung dienen, wenn es denn klappte, mit einem Sprung hinaufzugelangen – was Prosp in seinem bisherigen Leben ein oder zwei Mal geschafft hatte, allerdings unter beträchtlichem Kraftaufwand.

Seine Umwelt zu hinterfragen wäre genauso sinnlos gewesen wie die Frage, warum Orcas Zähne hatten: Die Riesenalken nahmen diese grausame Realität schließlich schon seit Jahrhunderten hin. Vielleicht war der Tod im Maul eines Orcas bei ihnen ja keine dramatische, tränenreiche Angelegenheit, vielleicht durchfuhr einen Riesenalk nur kurz der Gedanke, dass es schade war, diesmal kein Glück gehabt zu haben. Nicht dass sie sterben wollten. Aber es war ein ständiges Risiko und letztlich der Weg aller Riesenalken: am Ende gefressen zu werden, so wie man selbst den Krill fraß. Plötzlich fiel Gus auf, dass er noch nie von einem Riesenalk, einem anderen Alkenvogel oder gar einer Scholle gehört hatte, die an Altersschwäche gestorben war. Alte, schwache Tiere wurden wahrscheinlich von ihren natürlichen Feinden gefressen. So war das Gesetz, niemand trauerte um einen Freund, einen Reisegefährten oder einen Verwandten, der im Magen eines Wals gelandet war.

Gus und Prosp bauten darauf, dass sie beide dasselbe wahrnahmen, aber Gus wusste: Es war ein Irrtum. Für ihn hatte alles ringsum eine Logik, während in Prosps Augen alles in reinster Willkür geschah – das Wesen, das vor ihm auftauchte und umherging, seine Jacke an- oder auszog, seinen Hut auf- oder absetzte, all das hatte für ihn keinerlei Sinn. Der Hut selbst bedeutete nichts; wenn er auf dem Tisch abgelegt worden war, stellte Prosp vermutlich keine Verbindung mehr zwischen ihm und dem Kopf oder den Haaren her. Alles war absurd, und gleichzeitig arrangierte sich Prosp damit oder wäre jedenfalls nie auf die Idee gekommen, diese Wirklichkeit anzuzweifeln.

Wenn er neben Augustine Modell stand, wusste er nicht, warum man wollte, dass er vielleicht nicht regungslos, was ja undenkbar gewesen wäre, aber doch auf kleinstem Raum – nämlich einem Tisch – ausharrte, wenn möglich im Profil. Natürlich gelang es nicht, ihn länger als fünf Minuten dort zu halten, doch der Maler nutzte die Zeit, um im Handumdrehen seine Skizzen anzufertigen. Bei dieser Gelegenheit zeigte sich ein weiterer Charakterzug: Prosps Freundlichkeit, denn er fügte sich ganz offensichtlich in etwas, das sogar Augustine langweilig fand, weil er dem kleinen Mädchen, das ihn darum gebeten hatte, gewissermaßen eine Freude machen wollte.

Wenn man ihn dann, weil er schreiend danach verlangte, wieder von der Tischplatte hob, stellte er sich, anstatt das Zimmer fluchtartig zu verlassen, in eine Ecke, von wo aus er das immer noch stillsitzende Mädchen genauso aufmerksam wie der Maler betrachtete, als wollte er dem Kind damit seine Unterstützung zeigen. Es hatte etwas Bescheidenes, Respektvolles gegenüber Sitten und Gebräuchen, die er nicht verstand, und auch etwas Liebevolles, worin sich der Wunsch ausdrückte, am Leben dieser Familie teilzunehmen, die letztlich ja auch seine Familie war.

Allerdings gab es auch ein durchaus heikles Thema: Prosp verströmte seit jeher einen starken Fischgeruch, der zugleich etwas Muffiges, wenn auch nichts Fauliges hatte. Er selbst verfügte im Übrigen über einen ausgeprägten Geruchssinn: So hasste er zum Beispiel Parfüm und wandte sofort den Kopf ab, wenn er es an jemandem roch. Dafür konnte er Krustentiere zielsicher aufspüren, ganz gleich, wo man sie vor ihm versteckt hielt, sogar im Wandschrank im ersten Stock oder eingebuddelt im Garten – was Gus tatsächlich ausprobiert hatte –, und noch etwas sollte erwähnt werden: Er liebte menschlichen Körpergeruch.

Gus dagegen hatte keinen starken Geruchssinn, die beiden lebten also auch in dieser Hinsicht in sehr unterschiedlichen Welten. Gus erschloss sich die Orte, an denen er sich aufhielt, über das Sehen, er brauchte keine Gerüche. Die Welt um ihn herum – auch die Natur – war sehr gesprächig, sie äußerte sich im Präsens, in der Vergangenheit und manchmal auch im Futur und konnte innerhalb einer Sekunde kilometerlange Wissensströme in seinem Kopf zusammenfließen lassen. Für Prosp war die Welt eine Ansammlung unterschiedlicher Dinge und Materialien – manche gefährlich, andere nicht –, mit denen er nach und nach konfrontiert wurde. Wäre Gus mit Prosp im Meer umhergestreift, hätte sich ihre Situation wahrscheinlich umgekehrt.

Trotzdem verstanden sie sich gut. Sie vertrauten einander. Es gab eine Schnittmenge zwischen ihren Welten, eine sich überlappende Zone, in der Gus und Prosp in gutem Einvernehmen miteinander lebten. Gus hätte gern behauptet, dass diese Zone ein Produkt ihrer Zuneigung war, doch er wusste, dass es sich umgekehrt verhielt, dass die vorhandene Schnittmenge ihre Zuneigung hervorgebracht hatte. Sie teilten gewisse Sinnesempfindungen: Sobald es um Bedürfnisse ging, verstanden sie sich, beide wussten, was Hunger war oder der Genuss einer guten Mahlzeit, was Durst bedeutete oder die Erleichterung, ihn zu löschen, und wie sich ein Streicheln oder ein Schlag anfühlte. Was solche Dinge betraf, hatten sie die gleiche

Lesart und konnten ihre Erfahrungen auf den jeweils anderen übertragen. Ihre Körper fühlten gleich; wenn sie müde waren, schlossen beide die Augen.

Jenseits dieser Schnittmenge gab es nichts als Unterschiede. Gus fragte sich, wer von ihnen die Welt so sah, wie sie war. In Wirklichkeit sahen wohl beide die Welt so, wie sie war, nur eben jeder auf seine Weise. Prosp zum Beispiel schien manche Farben nicht zu erkennen. Pflanzen zogen ihn an – mit einer besonderen Vorliebe für alles, was grün und violett war – und auch einige von Elinborgs Kleidern. Seit sie in Dänemark waren, trug Elinborg leuchtendere Farben. Alle blassen Farben, Pastelltöne, Grau und Braun ließen Prosp dagegen kalt. Mehrmals war er über einen auf dem Boden liegenden Putzlappen gestolpert, den er gar nicht wahrzunehmen schien. Aber vielleicht nahm ja auch Gus nicht *alle* Farben wahr, vielleicht hatte die Welt ringsum nichts mit dem zu tun, was er und Prosp beschrieben hätten, wenn Prosp hätte sprechen können. Gus war der Meinung, Gras sei grün, aber vielleicht hatte es ja gar keine Farbe. Vielleicht bewegten sich die Riesenalken und die Menschen innerhalb von Konventionen, die sie daran hinderten, die Diskrepanz zwischen der Realität und dem, was sie sahen, zu ermessen – oder es gab gar keine

Realität, alles war Interpretation. Und dank dieser ineinandergreifenden Missverständnisse konnten sich Gus und Prosp verstehen.

Gus hatte oft Angst, dass Prosp sich langweilte. Von allen Entdeckungen, die das durch ihn aus seiner Umgebung gerissene Tier gemacht hatte, war die Langeweile das, was Gus sich am meisten zum Vorwurf gemacht hätte. Er glaubte, dass sich ein in freier Wildbahn lebender Riesenalk nicht langweilen konnte, genauso wenig wie eine Giraffe oder ein Spatz. Langeweile hing mit den Menschen und ihren Tieren zusammen, den Hunden, Katzen und Pferden, die zur Monotonie einer Existenz gezwungen waren, in der sie sich nicht um das eigene Überleben zu kümmern hatten. Aber Prosp konnte sich doch stundenlang in seinem Becken treiben lassen oder die Reflexe und Spiele des Lichts beobachten. Ein durchs Wasser schießender Fisch reichte ihm als Anregung, und das wohlgenährte Tier, das er war, hatte wie eine Katze die Gewohnheit, mit seiner Beute zu spielen. Vielleicht täuschte sich Gus also. Im Grunde müsste sein Umfeld ihn immer noch überraschen und neugierig machen. Immerhin beschäftigte er sich mit Dingen, die kein anderer Riesenalk jemals kennengelernt hatte, wenn er etwa für einen Maler Modell stand oder Augustine und Ottarr beäugte, die näherkamen, um mit ihm zu spielen, oder auch, wenn er den Diskussionen von Männern lauschte, die um eine Topfpflanze herumstanden, abends im Gewächshaus.

Während sein Kollege Hansen davon ausging, dass die beiden letzten wild lebenden Riesenalken auf Eldey gestorben waren, tauchten sich überschneidende Gerüchte auf, die in den Häfen von Boot zu Boot die Runde machten: Riesenalken seien gesichtet worden, man wisse nicht mehr wo; wahrscheinlich Richtung St. Kilda, und dann: ja, natürlich, irgendwo auf St. Kilda. Wenn man den Matrosen und Reisenden Glauben schenkte, wimmelte das Meer nur so von Riesenalken. Aber verlässlich waren sie nie, diese Erzählfetzen, die Gus jedes Mal von demselben Professor überbracht wurden, einem Mitglied der Königlichen Akademie der Wissenschaften, der seine Geschichte immer vom Freund eines Freundes gehört hatte, der an irgendeinem Hafen einen Fischer getroffen hatte, der aus der Ferne ein ziemlich großes, schwarz-weißes Etwas gesehen hatte, dessen Umrisse sich auf einem sturmgepeitschten Felsen bewegten oder auf einer Welle, die von einer anderen, höheren Welle verdeckt war.

Hansen zuckte mit den Schultern, wenn Gus ihm solche Geschichten überbrachte, bis er ihm eines Tages von einem Naturforscher der englischen

Universität Durham berichtete, William Proctor, der 1837 ganz Island nach Riesenalken abgesucht und nach erfolgloser Suche schließlich verkündet hatte, dass sie ausgestorben seien. Aber dieser Proctor hatte sich getäuscht, denn Jahre später, 1844, war ja auf Eldey das vermeintlich letzte Riesenalk-Pärchen getötet worden. Weshalb Hansen sich nun gezwungen sah, seine Einschätzung der Dinge fein zu differenzieren. Alles in allem war nun auch für ihn nichts mehr sicher.

»Ich kann nicht beweisen, dass er ausgestorben ist«, erklärte er Gus. »Man müsste Gott sein und eine Sekunde lang die ganze Welt vor Augen haben. Ich kann mich nur darauf stützen, dass man ihn nicht mehr sieht, was natürlich per se kein Beweis ist. Umgekehrt bleibt Ihnen also nichts anderes übrig, als mir zu beweisen, dass es irgendwo doch noch Riesenalken gibt.«

Worauf sich Gus vornahm, dass er bald wieder aufbrechen und sich auf die Suche nach Prosps Kameraden machen würde. Doch dann ließ er Zeit verstreichen. Er hatte Angst vor einer Enttäuschung, einer nutzlosen Überfahrt, sinnlosen Stunden, die er damit verschwendet hätte, ferne Schatten zu beobachten und die Finne eines Delfins oder den Rücken eines Wals mit einem Riesenalk zu verwechseln. Ihm graute vor einer Rückfahrt, auf der er Prosp jedes Mal, wenn sein

Blick auf ihn fallen würde, als ausgestopftes Tier vor sich sehen würde, das unter dem Motto »Er war der Letzte!« zwischen den Museen umhergereicht wurde.

Im Jahr 1847, als der Maler von Augustine gerade ein Portrait ihres Bruders fertigstellte, der in Nachahmung seiner Schwester ein Jahr später verlangt hatte, dass in seinem Gemälde ein Hund auftauchte – den ihnen dann ein Nachbar ausborgte –, wurde in Island ein Riesenalk gesichtet, ein weiterer dann in Norwegen. Island, diese große, fast menschenleere Insel war nach Gus' Einschätzung ein perfektes Refugium; es war also nicht abwegig, weiter zu hoffen.

Eines Abends brachte ihm einer seiner Studenten eine populärwissenschaftliche Ausgabe von Audubons *Die Vögel Amerikas*. Es war ein Buch mit wunderbaren Zeichnungen aller Vögel des Kontinents, die in wahrscheinlich natürlicher, oft jedenfalls gut getroffener Pose dargestellt waren, obwohl Audubon Kadaver gemalt und zu diesem Zweck eine beträchtliche Anzahl von Tieren getötet hatte, damit ihm keine Nuance ihres Gefieders entging. Der immense Erfolg dieses Buches war an Gus vorbeigegangen, als er auf den Färöern festsaß.

Der Student hatte die Seite mit dem Riesenalk markiert. Audubons Portrait war wie die anderen mit feinem, zartem Strich gezeichnet, das konnte man nicht anders sagen. Die harmonischen Farben – Grautöne, dazu ein helles Braun – waren allerdings ein wenig trist im Vergleich zu den anderen Vogelarten, bei denen (außer bei den Raubvögeln) viel Gelb, Rot und Blau verwendet worden war. Zwei Riesenalken waren im Profil abgebildet, der eine an einem Ufer stehend, der andere im Wasser, vor einer Kulisse, die Gus japanisch inspiriert vorkam, lächerlich, mit kleinen Wellen und beigefarbenen Felsen im Hintergrund.

»Das trifft es doch gar nicht!«, entfuhr es Gus, der eigentlich einen nüchterneren Ton anschlagen wollte; aber er war in diesem Moment nun einmal eifersüchtig. »Er hat ein Huhn aus ihm gemacht, schauen Sie doch, wie dumm er aussieht, und er ist kugelrund!«

Es stimmte, in natura wirkte Prosp gefährlicher, angriffslustiger.

»Er ist nie einem Riesenalk begegnet, die Zeichnung beruht auf Beschreibungen«, erklärte der Student. »Er hat in freier Natur nie einen zu Gesicht bekommen, in Amerika gab es schon keine mehr.«

In Gus' Augen hatte das ganze Bild etwas von einem Grabmal, das einen gutmütigen, naiven Vogel in einem Wassertümpel heraufbeschwor, halb Ente, halb Pute, ein kraftloses Tier, das man sich unmöglich als guten Schwimmer vorstellen konnte. Natürlich hatte Gus seinen Vogel schon tausend Mal gezeichnet, und zwar besser, in authentischeren, überraschenderen Posen, die Prosps kapriziösen Humor und seine Emotionalität erkennen ließen. Sicher, Audubons Duktus war vermutlich ansprechender, die Farben zwar trist, aber dennoch hübsch anzusehen, und das Bild beschwor eine friedliche, harmonische Welt herauf, doch in seiner eleganten Blässe war es auf groteske Weise wirklichkeitsfern. Und wieso eigentlich friedlich? Welchen Frieden gab es denn für diese im Aussterben begriffene Kreatur?

Am nächsten Morgen thronte *Die Vögel Amerikas* im Esszimmer auf einer Kommode, direkt unter Augustines und Prosps Portrait. Die empörende Seite war aufgeschlagen. Gus wartete am Tischende. Er hatte die ganze Familie zusammengerufen, die – natürlich zu Ungunsten Audubons – einen Vergleich anstellen und sich über diese diffamierende Darstellung eines Riesenalks empören sollte. In zerschlissenen Hemdsärmeln stand Gus da, müde, abgespannt und so bleich, als hätte ihm diese fixe Idee sein ganzes Blut abgesaugt. Er ließ jeden seine Meinung sagen. Ottarr gab zu, dass er das Bild »schön« fand, und tauchte dabei verlegen die Finger in seine Tasse. Augustine konnte Prosp kaum erkennen.

»Er sieht langweilig aus«, bemerkte Elinborg schließlich, ihr Butterbrot in der Hand. »Wie ein gefiederter Schoßhund. Oder wie eine Weihnachtsgans.«

Gus entspannte sich. Der Prosp auf dem Familienporträt flößte dagegen Respekt ein. Neben dem sitzenden Kind, das dem Maler fast schelmisch zulächelte, wirkte er riesig. Mit seinem von hellen Rillen überzogenen Schnabel sah er so aus, als könnte er Augustine das Gesicht zerfleischen, was in krassem Gegensatz zu ihrer Unbekümmertheit stand, ihrem zerzausten Zopf, der schlichten Alltagskleidung und der großen Tasse in ihrer Hand, als hätte man die beiden bei einem nachmittäglichen Schmaus überrascht. Sie sah den Riesenalk auch gar nicht an, natürlich nicht, sie hatte ja keine Angst vor ihm: Als der Maler kam, war er längst im Zimmer, und wenn der Maler wieder gegangen wäre, würde er immer noch da sein.

Weitere Riesenalken tauchten auf. Sogar in Neufundland, das die Riesenalken offiziell zu Beginn des Jahrhunderts verlassen hatten, wurden welche gesehen. An den Anlegestellen und in den Schenken machten Gerüchte die Runde. Die Preise für jedes noch so kleine Stück Riesenalk, jedes wie auch immer geartete Überbleibsel schnellten hoch. Gus trieb sich in den Gasthäusern und Schenken herum in der Hoffnung, eine Information aus erster Hand zu bekommen. Doch dazu kam es nie. Wenn ihm jemand davon erzählte, wie und wo sich ein Bruder oder eine Kusine von Prosp hatte blicken lassen, war dieser Mann nie derjenige, der das Tier auch mit eigenen Augen gesehen hatte.

Bis zu jenem Tag, an dem ihm ein Matrose davon berichtete, wie er dem Kopenhagener Museum die Eingeweide von zwei Riesenalken verkauft hatte, die er und seine Kameraden 1844, also vier Jahre zuvor, auf Eldey getötet hatten. Der Mann wusste nicht, wer die Bälge in die Finger bekommen hatte, und wurde immer noch wütend, wenn er daran dachte. Das sei hinterhältig von den anderen beiden Matrosen gewesen beziehungsweise wohl eher vom Kapitän des Schiffes, der sie wahrscheinlich verscheißert habe. Der Mann hatte eine Narbe, die sich wie ein kleiner, glänzender roter Hügel von seiner Unterlippe abhob. Ein ungeschickter Harpunenhieb, das sei lange her. Er habe keine Ahnung, was interessant daran sei, Eingeweide aufzubewahren, sagte der Mann auch noch, da könne er Gus nicht weiterhelfen.

Gus dachte an seine Kollegen von der Universität, und ihm wurde übel. Wenn sie bei ihm waren, hatten manche von ihnen bestimmt schon einmal versucht, Prosp zu streicheln, nachdem sie kurz zuvor noch die in Formalin schwimmenden Gedärme eines Riesenalks unter die Lupe genommen hatten.

»Und Sie glauben, dass es irgendwo noch Riesenalken gibt?«, fragte er den Matrosen.

»Definitiv nicht. Ich, Ketill Ketilsson, habe die beiden letzten erwischt. Merken Sie sich meinen Namen.«

Gus würde ihn nicht vergessen, er hatte sogar vor, ihn mit Hilfe seiner Aufzeichnungen der Nachwelt zu überliefern, in Großbuchstaben und dick unterstrichen. Aber was war die Meinung eines Ketilsson schon wert gegenüber dem Glauben, dass sich in der Schöpfung, selbst wenn es keinen Gott gab, alles zum Besseren, zum Fortschritt, zur Gerechtigkeit hin bewegte? Natürlich nichts. Und so versuchte auch Gus, weiter daran zu glauben, dass noch andere Prosps lebten, aber er war auch kein Idiot. Er konnte zählen: hier ein Riesenalk, dort ein Riesenalk, also einmal angenommen, dass zwei Riesenalken kopulierten – das ergab keine Population, sondern nur ein paar letzte Überlebende, deren Fortpflanzung dem allgemeinen Rückgang nichts entgegenzusetzen hatte, diesem Schwund, der unaufhaltsam zum Aussterben führen würde.

Die Gerüchte wurden weniger. Monate vergingen, dann Jahre. Riesenalken wurden nicht mehr gesichtet, nirgendwo. Ihr Name, das ganze Thema tauchte in Gesprächen nicht mehr auf, weder an den Häfen noch in den Fluren der Universität. Es war so, als hätten sie nie existiert oder als interessierten ihre Überbleibsel nun niemanden mehr – oder umgekehrt, als lebten sie friedlich und in großer Zahl irgendwo in den Weiten der Ozeane, weshalb es überflüssig war, sie noch zu erwähnen.

Prosp wurde älter. Seine schwarzen Federn ergrauten nicht und sein Schnabel bröckelte nicht, aber er bewegte sich weniger, wirkte müde – fand jedenfalls Gus. Im Winter, wenn das Becken zugefroren war, fehlte es ihm an Aktivitäten. Unbeholfen watschelte er durchs Gewächshaus, das sein Rückzugsort war, und verlangte mehr Wasserkrüge für seine ausgetrockneten Federn. Er war immer noch ein Riesenalk, aber nun wieder ein entarteter und – so fand Gus – vor allem isolierter Riesenalk. Jeden Morgen tappte er Gus oder Elinborg, manchmal auch Augustine und dem hinter ihr herlaufenden Ottarr entgegen, die Flügel nach hinten abgespreizt, den Schnabel weit vorgestreckt, und bettelte um Fische, die man ihm gerne gab.

Nach dem Abendessen blieb er im Kreis von Gus, Elinborg und den Studenten, die sich über seine Anwesenheit nicht mehr wunderten und ihn auch nicht mehr als seltenes Tier betrachteten. Natürlich fragte man sich, was er verstand, wenn er mit halb geschlossenen Augen dasaß und mal ein energisches Krächzen, mal ein überzeugendes Gurgeln in die Diskussion einwarf wie einen stichhaltigen Beitrag, den alle respektierten. Es war wie das Miauen einer Katze oder der Schrei eines Papageis. Vor allem Letzteres, denn Prosp hob sich wie ein exotisches Tier von dieser fast städtischen Umgebung ab, vom Gestrüpp des Gartens und dem Gras, das um das Becken herum wuchs. Wer ihn sah, amüsierte sich über diese Anomalie, als wäre Prosp eine Attraktion, ein Affe auf einem Marktplatz, eine unpräzise Zeichnung von Audubon, die lebendig geworden wäre.

Und dann, eines Abends, rutschte Prosp im Gewächshaus auf einer Bodenfliese aus, die abschüssiger war als die anderen, und stieß mit seinen Krallen gegen die Nachbarfliese. Einer der Studenten namens Rasmussen brach in schallendes Gelächter aus. Prosp lag zappelnd auf dem Boden und kam nicht mehr hoch, was ihm selten passierte. Gus packte ihn und stellte ihn wieder auf die Füße, während Rasmussen weiterjohlte. Er machte sich lustig über ihn wie über einen Zirkustiger, dem eine gut einstudierte Nummer misslungen war, äffte seinen Sturz sogar nach, das Schlittern über den feuchten Boden und schließlich Prosps beleidigte Flucht unter einen Tisch, wo er vor den Blicken geschützt war. Gus zitterten die

Hände. Er glaubte zu sehen, wie sein Riesenalk vor Scham errötete.

Rassmussen wurde nicht mehr empfangen; der junge Mann entschuldigte sich seinerseits nie. Warum hätte er sich auch dafür entschuldigen sollen, dass er sich über ein Tier lustig gemacht hatte? In den Zoos lachten die Leute doch auch über die Robben, von deren Schwimmkünsten und deren Geschick bei der Jagd draußen im Meer sie nichts wussten. Warum sollte man sich über die Marotte eines Professors nicht genauso amüsieren, über seinen Gefallen an einem Riesenalk, der für ein Leben als Haustier ungeeignet war, über diese Illusion eines wilden Tiers, das selbst im Wasser niemandem Angst eingeflößt hätte – jedenfalls weniger Angst als eine Robbe, ein Delfin oder ein Hai –, über dieses im Meer lebende Federvieh, dessen Daunen dazu dienten, Plumeaus zu füllen?

Immer wenn Gus seinen Vogel nun im Garten und am Becken beobachtete, sah er, wie bitter dieses Leben war, für das er, Gus, die Verantwortung trug, wie künstlich und blutleer; ein Leben so schal wie der Geschmack der toten Fische, die Prosp fraß, und des stehenden Wassers, in dem er schwamm. Ständig malte er sich aus, wie Prosp auf den blank geputzten Böden im Haus ausrutschte, sich wieder aufrappelte und nicht verstand, warum er körperlich so schlecht ausgestattet war für das Leben, das er hier lebte – keine Flügel, um wie die Tauben, die in den Bäumen saßen, davonzufliegen, und keine Füße, sondern sperrige Flossen, die sich gegenseitig im Weg waren, dabei wäre er doch so gern gesprungen wie eine Katze oder auf zwei Beinen gerannt wie ein Kind.

Wenn Gus solche Gedanken kamen, hatte er das Gefühl, dass sein Mund trocken und seine Zunge dick wurde. Dann glaubte er wieder, dass es doch irgendwo noch andere Riesenalken geben musste, denn Prosp existierte ja auch, er hatte ja auch überlebt. Ein alleiniges Wunder gab es auf der Welt nicht, für das Wunder als Einzelfall waren Märchen und die Bibel zuständig. In den Weiten der Natur mit ihren sich wiederholenden Formen und ihren wiederkehrenden Kreisläufen war nichts neu, tauchte alles wieder auf, manchmal leicht abgewandelt, aber letztlich kehrte doch immer alles zurück.

Und so beschloss er, noch einmal in die Wirtshäuser zu gehen, sich an den Piers herumzutreiben und beim Entladen der Schiffe einen Blick auf die Fracht zu werfen. Immer wieder trank er dort an den Buden das eine oder andere Glas und schlang an fettverschmierten Tischen Eintöpfe hinunter. Nachts befragte er die Matrosen, bis einer ihm tatsächlich sagte, ja, er habe Riesenalken gesehen, eine ganze Kolonie, etwa ein Dutzend

Tiere, im Nordwesten von Island, in der Region der Westfjorde. Er habe im Übrigen etwas in der Tasche und hoffe darauf, es in Kopenhagen einem Sammler zu verkaufen.

Die harten blauen Augen des Mannes, tiefliegend und klein, waren das Einzige, was sich in seinem unter Falten erstarrten Gesicht noch bewegte. Gus wollte sehen, was es war, und der Mann kramte den oberen Teil eines Schnabels hervor, der so groß und lang war wie Prosps Schnabel, mit den gleichen Rillen und genauso hart wie seiner, was sich zeigte, als der Mann damit gegen die Tischkante schlug. Er habe den Vogel nicht getötet, erklärte er, sondern den Schnabel in Reykjavik einem Händler abgekauft, dem offenbar nicht bewusst war, was er da besaß. Dank seines forschenden, aufmerksamen Blicks wirkte der Mann besonnen und ehrlich. Er wollte nichts von ihm, ließ nicht einmal zu, dass Gus, als er zahlte, auch sein Bier übernehmen wollte.

Auf dem Heimweg wusste Gus, dass er in der kommenden Nacht keinen und auch in den folgenden Nächten kaum Schlaf finden würde. Er wusste, dass er von kargem Land und von Gras träumen würde, Gras, so weit das Auge reichte, so wie er von Bäumen geträumt hatte, bevor er die Färöer verließ. Er wusste, dass er sich in seinem Bett hin und her wälzen und in der Dunkelheit seines Zimmers zusehen würde, wie sich Prosps Silhouette an einem Kiesstrand vervielfältigte. Sobald er die Augen geschlossen hätte, würden surreale, blau leuchtende Gletscher vor ihm auftauchen und am Fuß eines dieser Gletscher das schwarz-weiße Gefieder seines Freundes, Prosp, im Sommer unterwegs zu den anderen Riesenalken, und das Einzige, was Gus noch von ihm sehen würde, wäre die Farbe im Inneren seines fröhlich aufgerissenen Schnabels, ein helles Gelb wie von Osterglocken.

Und so kam es, dass Gus, um wieder schlafen zu können, um des Glücks seines Tieres willen und auch aus Abenteuerlust die Entscheidung traf, aufzubrechen. Es war nicht schwierig, die Reise zu organisieren; die Akademie und die Universität riefen regelmäßig zu Forschungsexpeditionen nach Island auf. Elinborg akzeptierte seine Pläne. Die Aussicht auf einsame Monate ohne ihn erzürnte und bedrückte sie, aber so oft sie auch darüber nachdachte, schien es ihr einfach unmöglich, sich ihm in den Weg zu stellen. In gewisser Weise ging es hier um die Grundlage ihrer Ehe, um eine Art moralischer Übereinkunft zwischen ihm und ihr: Gus und die Wissenschaft, Gus und Prosp, und zwar trotz der Kinder. Im Übrigen war es ja so: Gerade weil Gus Prosp liebte, liebte er auch Ottarr und Augustine. Weil er mit ganzer

Hingabe für ein schwaches Wesen da war – eine durch Zufall an ihn herangetragene Verantwortung, die er übernommen hatte –, war auch Verlass auf ihn, was seine Kinder betraf, um die er sich nur deshalb weniger kümmerte, weil sie ihn weniger brauchten. Elinborg hatte erkannt, dass Prosp die Fähigkeit ihres Mannes zu bedingungsloser Liebe ans Licht brachte: diese Wärme auch gegenüber dem, was fremd, anders und nur in Teilen zu begreifen war, und den Respekt gegenüber einem Wesen, das sich ausgeliefert hatte, weshalb man es nur lieben und beschützen konnte. Um die Wahrheit zu sagen, hatte Elinborg auch nicht vergessen, dass sie auf einer kargen Inselgruppe, die kaum Besucher sah, einem Abenteurer begegnet war, einem Mann, der in einem winzigen Haus ein einfaches, an Armut grenzendes Leben mit ihr geteilt hatte, in dem sie beide glücklich waren. Ihn hier festzuhalten, auf den Pflastersteinen einer sauberen Stadt, in Anknöpfkragen, dem Geruch frischer Wäsche und der Ruhe brackiger Lagunen, hätte keinen Sinn ergeben.

Zwei Monate später ging Gus mit Prosp an Bord eines Schiffes, das ihn auf der Fahrt nach Kanada in Island absetzen würde. Elinborg und die Kinder winkten am Kai mit ihren Taschentüchern, und Gus warf ihnen vom Schiff aus Kusshände zu, während sein Riesenalk, den er im Arm hielt, fröhliche Rufe ausstieß, die wie das Versprechen klangen, sich wiederzusehen. Bald sah Gus nur noch Punkte in der Ferne, aber er konnte den hellgrauen Rock seiner Frau, der im Wind flatterte, noch erahnen und auch die davonfliegende Schirmmütze seines Sohns, der losrennen und ihr hinterherlaufen musste, so schnell er konnte.

In dem Hafen, wo er an Land gegangen war, kaufte er ein Boot und fuhr damit die südliche und östliche Küste ab. Nicht ein einziger Riesenalk tauchte auf. Prosp verbrachte den ganzen Tag im vorderen Teil des Schiffes, stand mit stolzgeschwellter Brust wie ein Schiffer am Bug oder saß aufrecht da, die Augen geschlossen, die Flossen unter seinem Bauch begraben. Nachts schlief er bei Gus. Die Kabine war so klein, dass Gus seine Hand in der Nacht nur ausstrecken musste, um sie auf den Rücken des Tiers zu legen, als wollte er sich vergewissern, dass er nicht allein war, dass er einen Freund hatte. Prosp gab dann ein kurzes, überraschtes Gurren von sich und schlief sofort wieder ein. Gus wurde klar, dass ihnen beiden die Anwesenheit des anderen Kraft gab und dass diese Verbundenheit größer war, als sie mit einem Reisegefährten der gleichen Spezies hätte sein können.

In Fischerdörfern machten sie halt. Gus erkundigte sich bei den Bewohnern nach Riesenalken, doch man hatte seit Jahren keine mehr gesehen. Wenn er mit alten Männern sprach, wussten sie noch, dass ihnen in ihrer Jugend welche begegnet waren und dass sie hin und wieder auch einen gegessen hatten, aber es war so lange her, dass sie sich nicht mehr an den Geschmack erinnerten. Das Boot erreichte Reykjavik. Die Suche nach dem Mann, von dem Gus in Dänemark gehört hatte, dauerte drei Tage, in denen er die an Land gehenden Matrosen befragte und ihnen erzählte, dass er Sammler sei und nach Bälgen von Riesenalken suche. Der Verkäufer war bekannt, er führte einen Laden für Anglerbedarf und besaß ein Boot. Seine Sammlergeschichten hätte Gus sich sparen können. Teile von Riesenalken zu verkaufen war kein bisschen illegal, und solange der Preis stimmte, scherte sich niemand darum, was einen Franzosen dazu trieb, Bälge, Federn oder Flossen eines Riesenalks kaufen zu wollen.

Die Wände des Geschäfts waren mit Netzen, Angelhaken und anderem Gerät bedeckt, der Boden mit Körben, Jacken und Mützen. Helgason wusste schon, dass ein Franzose vorbeikommen würde. Er war freundlich, beflissen und alt. Aus einem rückseitigen Büro holte dieser Mann, der nur halb so groß war wie Gus, umgehend einen Schnabel und drei Rippen eines Skeletts. Gus gab vor, sich alles genau anzusehen. Um die Begegnung in die Länge zu ziehen, fragte er ihn, ob er auch einen Balg oder so etwas habe. Helgason sagte, ja, vielleicht, da müsse er nachschauen, aber falls Gus an größeren, herausragenden Teilen interessiert sei: Irgendwo müsse er sogar noch ein Ei haben. Was dann natürlich teurer wäre; sowohl der Balg als auch das Ei.

Der Mann verschwand wieder. Gus hörte, wie Kisten und Schubladen geöffnet und wieder geschlossen wurden. Schließlich kam Helgason mit einem Beutel schöner, unversehrter Federn zurück, die noch ganz flauschig waren. Gus hatte das Gefühl, einen luftigen, weichen Prosp zu berühren, der so gesund war wie der echte und seine Hand von allen Seiten zu streicheln schien, eine Wolke, einen erdachten Prosp ohne Knochengerüst. Vielleicht wolle Gus ja morgen noch einmal kommen, fügte Helgason hinzu, bis dahin habe er das Ei in dem ganzen Zeug sicher gefunden, im Moment wisse er nicht genau, wo er's hingetan habe.

Diesen Helgason zu fragen, wo er die Vögel eigentlich jagte, war so aussichtslos, dachte Gus, als würde man sich bei einem Goldgräber nach dem Standort seiner Mine erkundigen. Was er denn sonst noch an neueren Sachen habe?, fragte er stattdessen. Er sei nur an neueren Teilen wie diesen Federn interessiert. Helgason formte den

Mund zu einem Oh, in dem sich ehrliche Überraschung darüber ausdrückte, dass ein Franzose so dumm sein konnte, und wohl auch die Erkenntnis, dass er ihn wahrscheinlich vor den Kopf stoßen würde, sollte er dieses Unwissen allzu deutlich thematisieren.

»Die Federn sind gewaschen worden, von daher Ihr verständlicher Irrtum. Sie sind schon ziemlich alt, daran erkennt man auch ihre Qualität, sie sind wirklich sehr fein.« Der kleine Mann lächelte mit dem Gesichtsausdruck, den Menschen gemeinhin annehmen, wenn sie liebenswürdig sein wollen. Worauf Gus noch einmal die drei Rippen betrachtete, an denen Staub klebte, und den ausgebleichten Schnabel mit seinen Rillen, die so abgewetzt waren wie ein erodierter Gebirgskamm.

»Fahren Sie denn nicht jedes Jahr zu den Westfjorden, um dort nach den Tieren zu suchen?«

»Warum sollte ich? Schauen Sie mich doch an, ich bin zu alt für so weite Fahrten.«

Plötzlich merkte Gus, dass er in sich zusammensackte. Ein schwerer Holzbalken lag auf seinen Schultern. Wie hatte er glauben können, dass es so einfach sein würde, dass es reichen würde, bei einem Händler hereinzuspazieren, nach einem Balg zu fragen, und schon würde einer vor ihm liegen, frisch reingekommen, erst vor drei Tagen gegerbt?

»Wann haben Sie diese Teile gefunden?« Eigentlich hatte Gus »Wo« sagen wollen, aber in seinem Kopf gerieten die Wörter durcheinander. »Wann« bedeutete »Wo«, »Wie« hieß »Was«, und »Was« war sinnlos geworden: Er wusste ja, was Helgason gefunden hatte, den Schnabel, die Rippen, die Federn.

»Vor über fünfzehn Jahren. Da gab es hier noch welche. Ich war jung. Wir haben sie gefangen. Das sind Teile, die ich behalten habe, als Erinnerungsstücke. Aber jetzt verkaufe ich sie. Und ich finde wahrscheinlich auch das Ei wieder. Ich glaube nicht, dass ich es verkauft habe, wobei ich mir nicht ganz sicher bin. Es gab ja, glaube ich, eine Zeit, da war jeder dahinter her. Ich bringe inzwischen alles ein bisschen durcheinander.«

Einen Moment lang wirkte Helgason genauso geknickt wie Gus, wobei er wahrscheinlich an die Traurigkeit des Lebens dachte, in dem man immer älter wurde und es die Dinge, die man früher mit großer Freude getan hatte, die damals die eigene Existenz mit Stolz erfüllten, nicht mehr gab. Gus dagegen musste mit ansehen, wie ihm seine Hoffnung entglitt und auf den zugestellten Boden des Ladens rutschte, wo sie schnell wie eine Schlange zwischen den Jutesäcken verschwand.

Prosp würde keinen anderen Kameraden mehr finden als Gus, und Gus würde nicht der Mann sein, der die Riesenalken gerettet hätte. Auf Eldey, bei seiner ersten Begegnung mit Prosp, hatte er diese Chance gehabt und sie nutzlos vertan, er hatte versagt. An jenem Tag hätte er zulassen sollen, dass der Vogel im Wasser die Flucht ergriff und sich – wer weiß? – an einem anderen Ort fortgepflanzt hätte, oder er hätte die Matrosen daran hindern sollen, überhaupt an der Insel anzulegen, ja, er hätte ihnen Geld geben sollen, damit das Schiff weiterfuhr.

Doch obwohl ihn das Gemetzel damals angewidert hatte, hatte er nichts unternommen. Er hatte einem erniedrigenden Schauspiel beigewohnt, das zudem unnötig war – es hatte ja niemand Hunger –, und auch dass die Menge an Kadavern der Gesamtzahl von Vögeln auf der Insel entsprach, hatte ihn nicht beunruhigt. Damals hatte er nur einen Gedanken: dieses Tier, das er gefangen hatte, nach Paris zu schicken. Er hatte wieder nicht aufbegehrt und auch diese Chance vorbeiziehen lassen. Er erinnerte sich an das Geschrei und an das Blut, das weithin sichtbar seine Flecken auf den Steinen von Eldey hinterließ und an den Leichen der Vögel klebte, die von den Händen der Männer herabhingen. Gus war für Prosp nicht von Nutzen gewesen.

Er sank auf einen herumstehenden Schemel. Wäre in diesem Moment jemand hereingekommen, hätte er vor und hinter dem Ladentisch zwei

Männer in ähnlich gebeugter Haltung gesehen, zwei Blicke, die leer über den Boden schweiften, wo ein unsichtbares Bild wohl die Geschichte von der Jugend zweier Menschen erzählte, die sich nie begegnet waren und deren einzige Gemeinsamkeit darin bestand, dass sie nicht mehr jung waren. Der eine hatte aufgehört, Wale und Riesenalken zu fangen, der andere hatte nie Wale und ein einziges Mal einen Riesenalk gefangen, was er bereute. Der eine fragte sich benommen, wie es dazu kommen konnte, dass er jetzt, anstatt an einem Steuerruder zu stehen, Angelhaken verkaufte, dass er so geschrumpft war und sich so ausgelaugt fühlte, dabei war er doch früher groß, stark und gelenkig gewesen. Der andere konnte nicht fassen, dass sein Leben verstrichen war, während er in einer Wanne namens Nordsee geplanscht hatte, wo er doch als junger Mann keine menschenleeren Inseln unweit der Arktis entdecken wollte, sondern den Pazifik und die einsamen Weiten Australiens.

Gus ging langsam durch die Straßen von Reykjavik, nickend und kopfschüttelnd, als spräche er mit sich selbst oder mit einem Dämon. Er war der Besitzer einer Anomalie, eines Wesens, von dem es auf dieser Welt kein anderes gab. Er zuckte erstaunt mit den Schultern, schien mit der Hand ein Argument vom Tisch zu wischen und neigte dann wieder ratlos den Kopf. Ihm gehörte ein Tier, das es nicht gab, das Gegenstück eines Greifs, ein Fantasiewesen, das man nur in Träumen sah oder eingraviert in ein Medaillon.

Wie konnte das sein? Die Wale und Robben lebten doch noch. Und anderswo, in Afrika, gab es große, dicke, wahrscheinlich dumme Rhinozerosse, aus denen man feine Ragouts hätte machen können, und diese Tiere stolzierten dort ungestört umher. In Australien gab es ein geradezu unglaubliches Tier, mit dem sich die Natur einen Schabernack erlaubt hatte, einen Biber mit Entenschnabel, der auch noch Eier legte, obwohl er ein Säugetier war. Dieses absurde, nicht einmal schöne Tier lebte, während Prosps Artgenossen, diese friedlichen, lustigen, im Wasser so anmutigen Tiere ausgestorben waren. Wo war da die Gerechtigkeit und wo erst die Harmonie dieser Welt? Als Gus auf dem Rückweg zum Boot die Stadt hinter sich ließ, begannen sich seine Arme dem Himmel entgegenzustrecken, und Passanten blieben stehen, lachten, schauten ihm nach.

Erst an Bord seines Schiffes beruhigte er sich wieder. Prosp und er würden am nächsten Tag aufbrechen, es gab keinen Grund, hier noch länger zu bleiben. Sie würden zu den Westfjorden fahren, in diese fast menschenleere Region, wo vor langer Zeit vielleicht die letzten lebenden Riesenalken gesehen worden waren. Es sollte eine Pilgerfahrt werden, eine Rückkehr zu den Ursprüngen, bevor alles zu Ende ging. Sie würden in Andacht verharren vor diesem Meer und diesen Stränden, jedes Sandkorn, jede Welle ein umgekippter Grabstein auf einem vergessenen Friedhof.

Während Gus das Beiboot fertig machte, traute er sich zuerst nicht, Prosp anzusehen. Er schämte sich und wusste nicht, wie er ihm diese seltsame, unsinnige Sache erklären sollte, die da mit ihm geschah: dass er – um es ein für alle Mal zu sagen – der Letzte seiner Art war, der letzte Riesenalk in einer unermesslich großen, geheimnisvollen Welt, die noch Millionen von Riesenalken hätte Schutz bieten können. Der Letzte, der die Gefühle, die Sprache und die Instinkte seiner Artgenossen kannte, und der Einzige, der noch die Erinnerung an jene Nicht-Ewigkeit von mehr als hundert Millionen Jahren in sich trug, die der Riesenalk auf dieser Erde verbracht hatte.

Im Sommer 1849 erreichten sie den Nordwesten Islands. Sie zogen in ein aus Steinen und Gras errichtetes Haus nahe der Küste, das aus einem Raum bestand. Im Winter würde es die Wärme halten. Bis zum nächsten Dorf waren es vierzehn Kilometer. Auf den Wiesen und an den Kiesstränden waren sie immer allein, aber das war ja normal für zwei Überbleibsel wie sie: Prosp, der

Letzte seiner Art, und Gus, der letzte Mensch auf dieser Welt, der einen Riesenalk gesehen hätte.

Im Sommer hatte der Tag zwanzig Stunden, im Winter vier. Manchmal wachte Gus nachts auf. Dann sah er unterhalb des Bettes Prosps Umrisse – in Schlafposition wie eine Ente –, streckte seine klamme Hand aus und legte sie auf seinen Körper, worauf der Riesenalk sein kurzes, überraschtes Gurren von sich gab und beruhigt weiterschlief, denn es war ja Gus' Hand und alles war gut, weil sie beieinander lagen. Auch Gus schlief wohlbehütet wieder ein, denn sein Vogel, der ihn beschützte, war bei ihm.

Sie gingen gemeinsam auf Fischfang, Prosp im Wasser und Gus natürlich im Boot. Was Prosp fing, schlang er sofort hinunter. Gus nahm seinen Fang mit an Land. Abends schaute ihm der Riesenalk beim Kochen zu – früher hatte er keinen Fuß in eine Küche gesetzt. Anfangs stibitzte er Gus den einen oder anderen Happen vom Teller, und Gus tat so, als hätte er nichts gesehen. Nach einigen Wochen begann er, dem Vogel beim Abendessen eine Gabel hinzuhalten, von der Prosp seine Bissen von nun an entgegennahm. Es wurde ein Ritual und gefiel beiden so gut, dass Prosp das Stibitzen ganz einstellte.

Gus glaubte, dass seine Anwesenheit das völlig isolierte Tier aufmunterte. Das war dumm, denn

Prosp wusste ja nicht, dass er der Letzte seiner Art war und quasi in einem Mausoleum lebte. Etwas anderes als Gus und seine Familie hatte er kaum kennengelernt, das Leben in einer Gemeinschaft von Riesenalken war ihm fremd, und um ehrlich zu sein, war es doch so: Dass er anders leben könnte oder sollte, kam ihm nicht eine Sekunde lang in den Sinn.

In der ersten Zeit dieses Zusammenlebens kam es vor, dass Gus sich fragte, wer von beiden eigentlich der Riesenalk und wer der Mensch war, denn durch die Zweisamkeit und die gemeinsamen Gewohnheiten schienen sie eine hybride Spezies erschaffen zu haben, eine Chimäre aus Seevogel und Mensch. Wenn Gus in den Spiegel schaute, erkannte er sich im Übrigen kaum noch: Bart und Haare waren gewachsen, und bis auf die Stirn, die Ohren, die Hände und die obere Wangenpartie war in bekleidetem Zustand kein Zentimeter menschlicher Haut mehr an ihm zu entdecken. Prosp wiederum erkannte sich ohnehin nicht im Spiegel, und da er auch keine Artgenossen hatte, wusste er wohl nicht, wie er aussah.

Vom Strand aus war manchmal zu sehen, wie in der Ferne die Rückenflosse eines Orcas oder der Schwanz eines Finnwals auftauchte. Prosp begann jedes Mal zu schreien und rannte wie ein Verrückter davon, machte dann aber jedes Mal doch wieder kehrt, um Gus mit dem Schnabel am Hosenbein zu packen und ihn landeinwärts zu zerren. Was Gus lustig fand – wie hätte er sich auch nicht darüber amüsieren sollen? Aber es berührte ihn auch. Denn es erinnerte ihn daran, dass Prosp trotz ihrer ineinander verwobenen Lebenswege immer noch ein Tier war, das eigene Instinkte hatte, und Gus ein Mensch, der keine Angst hatte vor etwas, das im Meer lebte und gar nicht an Land gehen konnte.

Warum blieb Gus dort, an diesem unbewohnten Ende der Welt? Er wusste es selbst nicht mehr. Irgendetwas hatte ihm die Nerven zerfetzt, und er sah sich zu nichts mehr imstande, was über die alltäglichen Verrichtungen hinausging: Fische fangen, essen, schlafen, Prosp streicheln, mit ihm spazieren gehen, ihm beim Schwimmen oder Tauchen zusehen. Wenn er darüber nachgrübelte, erschien ihm alles andere unnütz und sinnlos. Wenn er an Elinborg und die Kinder dachte, sah er porträtierte Gesichter auf Gemälden, die an den Wänden eines hellen Hauses hingen, eine Kulisse, durch die das Gespenst eines Mannes wandelte, mit dem er selbst keine Ähnlichkeit mehr hatte.

Niemand brauchte ihn dort. Sein Schicksal war ungewöhnlich und umso unglaublicher, als sich mit ihm ein ganz normaler Mensch einem außergewöhnlichen Ereignis gegenübergestellt sah: dem Ende einer Spezies. Und so sehr er auch danach suchte, es gab keinen einzigen Bericht eines anderen Menschen, der etwas Ähnliches erlebt hatte. Der Tod des letzten Dodos war erst lange nach dem Aussterben dieser Tierart entdeckt worden. Wahrscheinlich waren auch anderswo Arten verschwunden, und niemand hatte sich darüber Gedanken gemacht. So wusste man zum Beispiel nichts über das letzte Mammut, und Gus hätte darauf gewettet, dass sich damals kein einziger Jäger gefragt hatte, warum ihm keine Mammuts mehr über den Weg liefen. Populationen schrumpften langsam, und die Erinnerung an sie verblasste. Wie sollte man so etwas denn auch begreifen? Begreifen, dass etwas verschwand, das es schon immer im Überfluss gab?

Prosp war da. Vor seinen Augen. Prosp schwamm. Erst gestern hatte er um sein Leben gekämpft und war einem Polarfuchs entkommen, der sich auf ihn gestürzt hatte. Dank seines weißen Fells hatte Prosp ihn im Schnee nicht kommen sehen. Der Fuchs hatte ihn platt wie eine Flunder gedrückt, aber Prosp hatte sich gewehrt und so kräftig zugebissen, dass der andere verblüfft, mit blutendem Hals vor dem zornigen Riesenalk geflohen war, der ihn sogar noch verfolgt hatte, den gefährlichen Schnabel weit aufgerissen. Aber so mutig und tollkühn Prosp auch war, er würde verschwinden, nicht nur sterben, was ja normal war, nein, sich komplett auflösen, denn mit ihm würden auch alle Spuren seiner Artgenossen ausgelöscht, die Spuren ihrer gesamten Existenz, wie sie lebten, sich ernährten, sich verteidigten und vielleicht auch liebten. Es war unwahrscheinlich, dass nur Gus dies wusste, dass Prosp keine Ahnung hatte.

Er hatte nun das Gefühl, in einer Art Traum zu leben. »Warum bin ausgerechnet ich hier? Warum ausgerechnet ich, der ich mich nie für das Thema interessiert habe, ja nicht einmal wusste, dass es überhaupt ein Thema war?« Jedes Mal, wenn sich ihm diese Frage stellte – also täglich – hatte er das Gefühl, über den Hügeln zu schweben und aus der Höhe Horden schemenhafter Tiere über den Erdball wandern zu sehen, durch das Dunkel der Nacht in die Leere des Himmels hinein, lange Kohorten diffuser Formen, die sich plötzlich aus der irdischen Sphäre lösten und einen schwarzen Raum durchquerten, dem Mond entgegen.

Der Winter kam. Gus fiel das Gehen schwer. Er bekam keine Luft, seine Beine waren aus Holz. Er fragte sich oft, ob sein Vogel nicht losziehen sollte, um am Ende doch noch ein bisschen wie ein Riesenalk zu leben. Aber wie ein Riesenalk zu leben war eine gestrige Idee, der so wie ihm schon nach der ersten Silbe die Luft ausging.

Alles, worauf Gus in diesem Winter seinen Blick ruhen ließ, schien vor seinen Augen auseinanderzufallen. Er dachte an die Decke, die Elinborg für den Sommer in einer Truhe verstaut hatte, damals auf den Färöern. Als sie die Decke Monate später wieder herausholte, war sie von Motten zerfressen, einige bunte Stellen im Muster fehlten ganz, und genauso fehlten jetzt in dieser mottenzerfressenen Landschaft die Riesenalken.

Wer würde sich an Prosp erinnern? Wer würde sich an all die anderen Prosps erinnern, an ihre Wendigkeit unter Wasser und ihre Unbeholfenheit an Land, an die Kraft ihrer Schnäbel, wenn sie Krustentiere knackten, ihre Freundlichkeit und ihren hitzköpfigen Charakter?

Gus blieb nun länger im Bett. Alle zwei Wochen brach er weiterhin ins Dorf auf, um sich mit Lebensmitteln zu versorgen, und alle drei Tage ging er Fische fangen, aber in der Kälte und dem Nieselregen wurde ihm alles zur Last. Prosp wiederum zeigte eine gewisse Übellaunigkeit. Tagsüber blieb er am Strand, ohne darauf zu drängen, dass Gus dazukam. Er schwamm viel, anfangs waren es zwei, dann drei und schließlich sechs Stunden. Dennoch war er weit davon entfernt, das normale Leben eines Riesenalks zu führen, der monatelang draußen im Meer geblieben wäre. Wahrscheinlich war auch er müde oder eben längst kein richtiger Riesenalk mehr, was Gus ja schon befürchtet hatte, als sie noch in Dänemark waren.

Wenn er zurückkam, schlief Gus meistens; dann sprang der Vogel, plötzlich versöhnt, zu ihm aufs Bett und legte sich neben das Kopfkissen. Morgens wachte Gus mit trockenem Mund auf, die Beine immer ein bisschen steif. Einmal brachte seine Langsamkeit Prosp so zur Verzweiflung, dass er ihn in die Wade biss. Gus fragte sich, ob es eine freundliche Geste war, mit der er ihn aufrütteln wollte, oder ein böswilliger Ausdruck von Gereiztheit. Die Frage blieb offen. An einem anderen Morgen spuckte Gus Blut und legte sich wieder hin. Prosp versuchte, ihn aus dem Bett zu holen, und diesmal versetzte er ihm mehrere Schnabelhiebe, die Gus am Arm trafen. Der Schnabel war hart und kalt, die Hiebe taten weh. Gus drehte sich zur Wand um. Als er Sekunden später den Kopf hob, sah er Prosp mit aufgestellten Rückenfedern und schaukelndem Gang auf die Tür zusteuern; er ging, ohne sich noch einmal umzudrehen.

Prosp kam nicht zurück, weder am nächsten noch an den folgenden Tagen. Gus stand wieder auf und verbrachte die wenigen Stunden Tageslicht am Ufer, wo er auf seinen Vogel wartete. Einmal glaubte er, ihn zu sehen. Vor Erleichterung entspannten sich seine Muskeln, und er wäre am liebsten den Strand auf und ab gehüpft, um ihm zu zeigen, dass er da war, dass er auf ihn wartete. Aber was er im Meer gesehen hatte, war kein Riesenalk, sondern entpuppte sich als Robbe. Die Enttäuschung war riesengroß. Auf dem Heimweg spuckte er wieder.

Er bekam Fieber. Das Laken und die Decke lagen tonnenschwer auf ihm, aber wenn er sie wegnahm, griff die Kälte nach ihm, und schon deckte er sich wieder zu, legte sogar noch den Mantel darüber. Er kam sich vor wie eine Statue, in marmorschwere Decken gehüllt. Er schlief Tag und Nacht. Bald konnte er nicht mehr zwischen drinnen und draußen unterscheiden; es war überall kalt, und alles war dunkel. Das Fieber durchnässte ihn, die langen Haare klebten an seiner Stirn, und er verströmte einen strengen Geruch nach Feuchtigkeit und Schweiß. Nicht einen einzigen Menschen verschlug es in diesen abgelegenen, eisigen Winkel der Welt, wo es im Winter nicht das Geringste zu tun gab. Wenn er aufwachte, immer nur kurz, für eine Viertelstunde vielleicht, glaubte er, der einzige Mensch auf der Erde zu sein, auch er der Letzte seiner Art. An seinem Arm sah er noch die blauen Flecken, die Prosp hinterlassen hatte, bevor er wütend gegangen war. Einmal glaubte Gus zu sehen, dass sie wie Parasiten unter seiner Haut zuckten und sich bewegten.

Wenn sein Kopf klar war, dachte er an Elinborg und die Kinder und versuchte abzuschätzen, wie lange es dauern würde, bis sie von seinem Tod erführen. Wahrscheinlich erst im Sommer, wenn hier per Zufall einmal jemand vorbeikommen würde. Er hatte das Gefühl, dass es draußen stürmte, aber vielleicht war es auch nur der normale Wind. Bald würde er sich nicht mehr dazu aufraffen können, die Augen zu öffnen. In diesem scheußlichen Zimmer gab es ohnehin nichts Angenehmes zu sehen. Er träumte, aber nicht im eigentlichen Sinn; alles was er im Schlaf sah, entsprach der Realität, nur dass sie deformiert war oder wie aus Gummi: Er sah die weichen Wände des Hauses zu Brei zerfließen, sah einen Finnwal, der unter Wasser einem Riesenalk einen Hieb versetzte, sah sein eigenes, im Boden versinkendes Bett und darauf einen verlassenen Mann, der vielleicht gerade in einem spiegelglatten Meer ertrank, allein, ohne seinen Riesenalk, der auch allein war.

Eines Tages hatte er das Gefühl, dass sich ein kaltes, glitschiges Etwas auf seine Stirn gelegt hatte; unangenehm war ihm das nicht. Wie alles hier roch es nach Meer. Dass er überhaupt solche Gedanken hatte, beruhigte ihn zunächst, es zeigte ihm, dass er nicht mehr so schlecht beieinander war, denn seine Überlegungen richteten sich nach außen. Aber warum sollte sich plötzlich ein kaltes, glitschiges Etwas auf seine Stirn legen? Nein, bestimmt fantasierte er noch. Doch das Etwas verschwand nicht, sondern rutschte ihm von der Stirn aufs Ohr. Eigentlich fühlte sich die Oberfläche auch ein bisschen rau an: Wie ein Fisch, dachte er. Aber wie sollte ein Fisch das Meer verlassen und auf sein Kopfkissen gelangen? Es wäre gut gewesen, die Augen zu öffnen, doch dazu fehlte ihm die Kraft. Er schlief wieder ein.

Als er aufwachte, pochte an seiner Wange ein warmer Puls, warm und weich, genauso weich wie Prosps Federn. Einen Moment lang erinnerte er sich an Prosp und dachte, dass er ihm gern erklärt hätte, was ihm, dem Riesenalk, da gerade widerfuhr. Er hätte sich dafür entschuldigt, dass er ihn in diese Situation gebracht hatte: noch zu leben, nachdem alle Artgenossen gestorben waren. Er hätte sich dafür entschuldigt, dass er keine Gefährtin für ihn gefunden hatte, als dies noch möglich war, und dass Prosp durch ihn dieses jähzornige alte Tier geworden war, das ihn zur Strafe nun verlassen hatte.

Gus schmeckte salziges Wasser an seinem Mund, aber hier war natürlich alles salzig. Es mussten seine eigenen Tränen sein. Dabei fühlte er sich doch besser. Plötzlich nahm er einen leisen, ganz leisen Schrei wahr, eher einen Ruf, der überrascht klang oder vielleicht auch hoffnungsvoll. Er spürte die Form eines weichen, gefiederten Halses an seinen Schläfen und seinem Ohr, und dann etwas Festes, das sich wie Horn, ja wie Prosps Schnabel anfühlte. Er musste die Augen aufmachen, um zu schauen, ob Prosp wirklich zurückgekommen war, aber er hatte Angst davor zu sehen, dass er immer noch allein war. Er fühlte sich so wohl mit dem vermeintlichen Prosp an seiner Seite, dem liebevollen Prosp, den er jetzt wieder bei sich hatte, mit seinen zarten, weichen Federn, die ihn umhüllten. Noch einmal hörte er den leisen Ruf, der in der Sprache der Riesenalken wahrscheinlich »Mach die Augen auf!« bedeutete. »Ich bin da. Los, du hast nichts zu befürchten!«

Und Gus machte die Augen auf. Prosps Kopf lehnte an seinem Kopf, der Schnabel an seiner Nase, und ihre Blicke tauchten sofort ineinander, während Gus die Hände um den warmen Körper des Vogels legte. Er weinte, aber vor Freude, und Prosp schrie, aber so leise, dass es klang, als raunte er ein Lied. Links neben dem Kopfkissen lag ein Fisch, den der Vogel in den Schnabel nahm und seinem Freund, der seit langem nichts gegessen hatte, vor den Mund legte. Erschöpft schlief Gus wieder ein, die Hand auf dem Rücken des Tiers, das ihn gerettet hatte und nun weiter sein Lied raunte.

Gus wurde wieder gesund. Er konnte wieder gehen. Seine Beine waren zwar noch schwer, aber schon viel beweglicher. Manchmal führte er Selbstgespräche und wackelte mit dem Kopf, aber nahm Prosp, der bei ihm Wache hielt, solche Dinge überhaupt wahr? Vermutlich hatte er ein grobes Bild von dem, was ein Mensch war, ohne die Details. Über einen Monat lang war Prosp derjenige, der ihn ernährte. Er fing Fische, brachte sie Gus, und der kochte oder trocknete sie. Prosp war sein Arzt und Versorger geworden.

Im Frühjahr, als es Gus besser ging, machte er sich wieder ins Dorf auf, um Vorräte zu kaufen. Sein Verhältnis zu den Dorfbewohnern hätte nicht einsilbiger sein können: Die Freude an Gesprächen war ihm abhanden gekommen. Wenn er zurückkam, wartete Prosp auf ihn. Gus brauchte den Riesenalk. Und der Riesenalk, so schien es Gus, brauchte auch ihn. Sie waren wie zwei Verrückte, die sich von der Gesellschaft abgesondert hatten, zwei Zauberwesen aus den Zeiten von Merlin, die zurückgezogen in einem Wald lebten, den niemand betrat. Zwei Geschöpfe, die an eine verloren gegangene Zeit erinnerten, in der alles, was lebte, gleichwertig war, in der Prosp, weil er lebte, das Gleiche war wie Gus, und Gus das Gleiche wie eine Biene, und eine Biene das Gleiche wie ein Grashalm oder der Schnee, der sie im Winter kalt und steif werden ließ.

Eines Tages begegnete ihnen auf einem Spaziergang am Strand ein Tordalk, also im Grunde ein zu klein geratener Prosp mit echten Flügeln. Vor Überraschung blieb Prosp wie erstarrt einige Meter vor dem Felsen stehen, auf dem der Tordalk hockte. Er reagierte genauso wie damals in Dänemark, als er zum ersten Mal eine Katze gesehen hatte: fasziniert von einem Tier, dessen Geruch, dessen Gestalt, dessen Geräusche und dessen Angriffs- und Verteidigungsmittel ihm unbekannt waren. Wobei sich der Tordalk, so empfand es jedenfalls Gus, wirklich nicht sehr von ihm unterschied. Aber wusste er denn, wie Prosp sich selbst sah?

Die beiden Vögel reagierten ganz offensichtlich nicht feindselig aufeinander – was den Tordalk betraf, herrschte vollkommenes Desinteresse. Prosp dagegen hatte sich aus seiner Erstarrung gelöst und ging mit vorgestrecktem, leicht gebeugtem Hals auf das fremde Tier zu. Jetzt wirkte der Tordalk überrascht. Etwa einen Meter vor ihm blieb Prosp stehen. Ohne den anderen zu stören, betrachtete er dieses wunderbare Abbild seiner selbst, diesen Vogel, der am Boden genauso unbeholfen war wie er und genauso geschickt den Schnabel einsetzte, mit dem er in diesem Moment seine Bauchfedern putzte.

Plötzlich schrie Prosp, wie Gus ihn noch nie hatte schreien hören. Es war ein tiefer, markerschütternder Schrei, der noch ewig nachzuhallen schien, ein Laut der Verzweiflung, Kopf und Kehle dem Himmel entgegengereckt, der Körper angespannt, schmal vor Anstrengung und noch bebend, als der letzte Ton längst verklungen war. Der Tordalk hörte auf, seine Federn zu putzen. Gus wagte es nicht, sich zu bewegen, auch in ihm hallte der Schrei noch nach, dieser Schluchzer wie aus dem Mund eines Sträflings, dem nach zehn Jahren Haft bei seiner Entlassung klar wird, dass die Welt sich völlig verändert hat. Der Tordalk schlug mit den Flügeln, die nicht größer waren als die Flügel einer Taube, aber riesig im Vergleich zu Prosps armseligen Stummeln. Prosp ahmte ihn nach, als wollte er dem anderen weismachen, dass auch er fliegen konnte, bisher nur leider so dumm gewesen war, die Hilfsmittel, die er hatte, für Flossen zu halten. Oder wollte er nur höflich sein, Sympathie und guten Willen zeigen? Der Tordalk streckte den Bauch heraus und schwang sich in die Luft auf. Prosp schaute ihm nur ein paar Sekunden lang nach, dann starrte er wieder auf den verlassenen Felsen und stieß schließlich noch einen Schrei aus, den gleichen Klagelaut wie zuvor, tief und lang. Gus war sich sicher: Prosp weinte.

Sie gingen nach Hause, Gus musste Prosp tragen, weil er den Felsen, von dem der Tordalk davongeflogen war, nicht verlassen wollte. Während des Abendessens verlangte der Riesenalk keinen Bissen von der Gabel, wollte nichts. Regungslos verharrte er in einer Ecke des Zimmers. Er schlief nicht, schrie nicht, gab nicht einmal ein Raunen von sich. Auch Gus' streichelnde Hand zeigte keine Wirkung, er saß da, auf seine Füße niedergesunken, sein Blick so starr auf die dunkle Wand gerichtet, dass es fast schien, er wäre blind geworden.

Kein Tier dieser Welt konnte allein sein, dachte Gus, und auch ein Mensch konnte es eigentlich nicht, denn dann wurde er so wie er: Er würde mit dem Kopf wackeln, in abgerissenen Sätzen sprechen, und nach einer Weile würde er das Sprechen ganz verlernen, würde Pfeifgeräusche ausstoßen, um mit den Blättern in den Bäumen zu kommunizieren, mit dem Staub und den in den Ecken seiner Behausung fiependen Mäusen. Prosp wusste nicht von einem einzigen Artgenossen und merkte, dass es kein Lebewesen gab, das ihm ähnelte. Er war das einsamste Geschöpf, das je existiert hatte. Er war kein Mensch, denn er hatte keine Hände, und auch kein Tordalk, denn er hatte keine Flügel.

Jedes Mal, wenn Prosp sich irgendeiner Form von Lebewesen näherte, spürte er, welch grauenvolles Kuriosum er war. Ein Meerestier, das letztlich wenig Zeit im Meer verbrachte; ein entarteter

Riesenalk, der von allem abgeschnitten war, was gerade die Stärke seiner Artgenossen ausmachte. Sollte er jetzt, in diesem Moment sterben, würde er das traurige Ende seiner Spezies verkörpern: ein Tod in den vier Wänden eines Hauses, zerfressen von Neid auf einen erbärmlichen Tordalk, der nicht ansatzweise so majestätisch war wie er.

Am nächsten Tag gingen sie wieder zum Strand. Sie blickten zum Horizont und zu den Vögeln, die in den Steilwänden nisteten. Sie sahen sogar Füchse, deren Fell inzwischen wieder braun war. Auch Prosp nahm sie zur Kenntnis, reagierte aber nicht. Säugetiere, diese auf ein Leben an Land beschränkten Kreaturen, interessierten ihn nicht mehr. Sie machten ihm nicht einmal mehr Angst. Gemeinsam saßen Gus und er da, blickten aufs Meer hinaus, und aus einer Stunde wurden zwei, dann drei. Sie schwiegen, aber für Gus war es, als unterhielten sie sich. Sie erzählten sich Geschichten von Unterwasserstädten, Kriegen mit den Orcas und Wettschwimmen mit den Robben. In Küstennähe begegneten sie auch Eisbären; die waren sehr gefährlich, im Wasser erwiesen sie sich als begnadete Schwimmer, und Prosp und Gus vermieden es, in ihre Richtung zu schauen, um sie nicht auf sich aufmerksam zu machen. Einmal war Prosp im Meer mit einem Basstölpel zusammengestoßen, der wie ein Pfeil von oben ins Wasser schoss. Der Schnabel des Vogels war gegen seinen Schädel geprallt, beide waren ganz benommen, und keiner hatte den Fisch gefangen, auf den er es abgesehen hatte.

Sie verglichen die Dicke der Algen, den Geschmack der Dorsche und Krustentiere. Vielleicht erinnerte sich Prosp an die warmen Bäuche seiner Eltern, als er aus dem Ei geschlüpft war, an den Geschmack der Nahrung, die sie ihm in den Hals schoben, an die Kälte seines ersten Bades im Meer und die Energie, die es ihn gekostet hatte, zu überleben, und sicherlich auch an seine erste und einzige Reise, als er gemeinsam mit den anderen den Winter draußen im Meer verbracht hatte und erst Monate später nach Eldey zurückgekehrt war.

Damals waren sie rudelweise in die Tiefen hinabgetaucht oder hatten sich kilometerweit auf dem Ozean treiben lassen, kein Land, so weit das Auge reichte. Sie hatten Albatrosse gesehen, auch wenn sie nicht wussten, dass es Albatrosse waren, und fast täglich Möwen. Sie mochten die Möwen nicht, ohne dass sie genau wussten warum, wahrscheinlich ging ihnen das Geschrei auf die Nerven. Einmal wäre Prosp um ein Haar im Maul eines Wals gelandet, er hatte seitlich einen Druck im Wasser, eine plötzliche Bewegung gespürt und konnte gerade noch über den Kopf des Tieres hinweg ausweichen. Bald darauf hatte er gesehen, wie statt seiner ein Kamerad verschlungen wurde. Dies war das Leben der Riesenalken.

Jetzt lehnte Prosp seinen Hals an Gus' Bein, die erste vertraute Geste, seit er dem Tordalk begegnet war. Als Gus ihn zu streicheln begann, schmiegte Prosp den Hals in seine Hand, und Gus nahm ihn in den Arm. Der Vogel gab einen tiefen, gurrenden Laut von sich, der seine Brust erbeben ließ, und Gus stimmte ein Wiegenlied an, einen ernsten Gesang, traurig, getragen und guttural, ein Lied, das er auf den Färöern gelernt und fast schon vergessen hatte. Es kam dem Gesang der Riesenalken und ihrer Sprache, wie Gus sie sich vorstellte, ziemlich nahe.

Prosp löste sich von ihm, und Gus legte die Hand wieder auf sein Knie. Der Vogel ging zum Wasser wie jemand, der schwimmen will. Als er bis zur Brust im Meer stand, drehte er sich zu Gus um. Gus saß wie versteinert da, nur seine Hand bewegte sich; er winkte, so wie es Menschen tun, um Adieu zu sagen und sich Mut zu machen. Mit dieser Geste zeigte er Prosp, dass er ihn verstanden hatte und dass Prosp das Richtige tat. Der Blick des Riesenalks löste sich von ihm, er drehte sich wieder um, ging ein paar Zentimeter weiter. Gus schaute auf seinen Rücken. Prosp tauchte unter. Diesmal kehrte er nicht zurück.

Zwei Jahre lang wartete Gus aufs Prosps Rückkehr. Ein Stein von der Form eines Menhirs, den er waagerecht gelegt hatte, diente ihm als Bank. Wenn ihm nach einer halben Stunde die Kälte in die steifen Glieder kroch, blickte er dennoch weiter mit zusammengekniffenen Augen zum Meeresufer. An einem Junitag sah er, wie in der Bucht ein Schiff den Anker warf, ein Mann in einem Ruderboot zu Wasser gelassen wurde und am Strand an Land ging.

Er erkannte Buchanan. Er hatte schon seit Längerem damit gerechnet, dass Elinborg ihn bitten würde, herzukommen und Gus zu holen. Der Schotte war unverändert, er hatte noch immer dieses längliche, bleiche Gesicht, diese Ähnlichkeit mit einer gestrandeten Sepiaschale. Gus ließ zu, dass er neben ihm Platz nahm; er wollte nicht mit ihm reden, er wollte so tun, als hätte er ihn gar nicht bemerkt.

»Gus, ich bin gekommen, um Sie zu holen.«

Das war direkt.

Ein zerfleddertes, mit Meersalz bestäubtes Bild tauchte vor ihm auf. Eine Frau, mit der er einmal verheiratet war, und zwei Kinder, die seine waren, pressten ihre Hände an eine blickdichte Wand wie Saugnäpfe an eine Scheibe. Gus erkannte nicht einmal mehr ihre Gesichter. Es hatte etwas Lustiges und zugleich Bemitleidenswertes:

ihre Naivität, dieses Vertrauen in die Anziehungskraft ihrer blassen grauen Schatten, und diese Gewissheit, dass sie das Richtige taten. Niemals würde er diesen Ort verlassen, seine Bank am Tag, sein Haus in der Nacht. Inzwischen zitterte alles, worauf er seinen Blick richtete; und er wusste auch, dass sein Kopf ununterbrochen wackelte. Warum sollte er also heimkehren, mit zotteligem Haar, Augenzittern und einem Fischgeruch, den er auf keinen Fall verlieren wollte? Er wollte sich nicht von Prosp trennen, von der Möglichkeit, ihn plötzlich aus einer Welle auftauchen zu sehen, ihn begrüßen zu können.

»Gus, Sie erinnern sich doch daran, dass ich Prosp sehr gemocht habe. Ich verstehe Sie. Aber Sie müssen nach Hause gehen. Und sei es auch nur, um sich auszukurieren und gegebenenfalls später wiederzukommen. Schauen Sie doch, Ihre Hände zittern, und ich bin mir sicher, dass Ihnen schon Zähne ausfallen.«

Gus fielen keine Zähne aus, nicht ein einziger. Er verzog das Gesicht und fixierte noch entschlossener den Horizont. Er wollte so tun, als existierte Buchanan nicht.

Wenn er träumte, sah er Prosps Körper oft an einem Strand liegen. Manchmal hob der Vogel leicht den Kopf und ließ ihn dann wieder müde in die auslaufenden Wellen sinken. Sein Puls schlug immer langsamer; Gus konnte es daran erkennen, dass sich seine Brust kaum noch hob und senkte. Ein Stück weiter trieben sich einige Möwen herum, und hinter ihnen lauerten die aasfressenden Raben. An diesem Punkt wachte Gus jedes Mal schwer atmend auf.

Er spürte, dass sich Buchanans Schulter an seiner bewegte. Er musste unbedingt weiter an Prosp denken. War Buchanan denn jetzt bei ihm am Strand? Wenn ja, dann wohl in der Nähe der Raben. Aber er selbst, Gus, wo war er? Wahrscheinlich lag er mit Prosp in der Gischt. Er musste die Kraft aufbringen, Buchanan zu erklären, warum er nicht mit ihm gehen würde, warum es Zeitverschwendung war, herzukommen, und dass es unnötig war, die Raben zum Vorbild zu nehmen und darauf zu hoffen, dieser steinernen Bank Gus' sterbliche Hülle zu entreißen. Aber wie sollte Gus ihm sagen, dass er ihn dafür hasste, hergekommen zu sein, um ihn zu holen? In gewisser Weise akzeptierte er es ja, Buchanan war ein sympathischer Schotte – wie war das eigentlich, bildeten die Schotten eine eigene Spezies? Die Frage hatte sich Gus noch nie gestellt. Früher, in einer anderen Zeit, als Gus noch ein Mensch war wie alle anderen, wusste er die Antwort, ohne sie formulieren zu müssen. Sie lautete: Die Schotten gehören in gleicher Weise der Spezies Mensch an wie die Dänen oder die Japaner, die auf der anderen Seite der Erdkugel leben. Aber konnte eine Kugel überhaupt zwei Seiten haben? Fragen dieser Art waren anstrengend. Was er Buchanan sagen musste, war Folgendes: dass seine Anwesenheit ihn, Gus, zwinge, über unnütze, anstrengende Themen nachzudenken. Wenn er ihm einen Gefallen tun wolle – immerhin habe er sich ja die Mühe gemacht, bis hierher zu kommen –, dann solle er sich damit begnügen, gemeinsam mit ihm sein Augenmerk auf das Meer zu richten.

Aber was sah er denn, dieser arme, naive Buchanan? Im Grunde konnte Gus die Frage an Buchanans Stelle beantworten, also holte er Luft und sagte: »Sie sehen den Himmel, sehen schwarze, sich bewegende Flecken und verstehen, dass es Vögel sind, die wie dunkle Staubflecken aussehen, dann sehen Sie, dass sich das Meer bewegt, was Sie als Wellen bezeichnen, und das war's.«

»Ganz und gar nicht. Ich bin so wie Sie: Wenn ich melancholisch bin, sehe ich das Ende allen Lebens vor mir.«

Aber das war es ja eben, Gus war nicht melancholisch. Er war lebhaft und hellsichtig. Wenn Buchanan gesehen hätte, was Gus sah, wäre er an Ort und Stelle dem Siechtum verfallen oder hätte so leben wollen wie Gus, allein, irgendwo, ohne Mitmenschen. Denn Gus sah sie, die Ozeane, diese gewaltigen Flächen, denen man die Wale entnommen hatte, und darüber den Himmel, von Seeschwalben leer gefegt. Wenn er so dasaß, wanderten seine Gedanken wie von selbst zu einem zeugungsunfähigen und vor allem einsamen Geparden, der sich in seiner afrikanischen Ebene zu Tode langweilte. Die Geräusche um ihn herum klangen wie die Kakophonie einer Welt, der ohne die Stimme des glücklichen Riesenalks jede Harmonie fehlte. Und Gus sah, wie vor ihm ein Bild des Erdkreises entstand, die missratene Skizze einer neuen Ordnung, aus der die witzigsten, überraschendsten und schönsten Formen verschwanden – die Artischocke, der Panther, die Fledermaus –, als müsste dieses Bild Jahr für Jahr eine weitere Farbe verlieren.

Just in diesem Moment sagte Buchanan etwas. Es war ein kurzer Satz, aber für Gus klang er wie der Singsang eines Windes, den er nicht verstand. Denn eigentlich war er schon wieder auf dem Weg zu jenem wo auch immer gelegenen Strand, an dem Prosp mit dem Tode rang, denn auch alte Riesenalken starben, und bloß weil man der Letzte war, wurde man ja nicht unsterblich. Genau das musste er seinem Tier klar machen: dass er am Ende doch noch wie ein Riesenalk gelebt hatte. Und so kroch Gus über den Strand hin zu Prosp, der in der Gischt lag und mit seinen Flügeln den Sand aufwühlte, als wären sie Flossen und er eine Schildkröte, die ins Meer zurückkehrt.

»Prosp, mein Freund«, sagte er zu ihm, »hab keine Angst. Erinner dich daran, wie flauschig deine Federn waren, mit welcher Kraft du getaucht bist und wie du Fische gefangen hast, erinner dich an den Tag, an dem du dem Maul des Wals entkommen bist, oder daran, wie du mit anderen Riesenalken in der Unterwasserströmung gespielt hast, die wie ein Korridor zu anderen Korridoren führte, denen ihr nur folgen musstet. Erinner dich daran, dass eine Membran im Wasser deine Augen bedeckt, dass dein Schnabel von innen gelb ist, wenn du im Sommer nach einer Gefährtin rufst, die wie du ihren Schnabel aufreißt, und dass die weißen Flecken an euren Augen kommen und gehen. Erinner dich daran, dass ihr beide jeden Sommer zusammen wart und dass du sie geliebt hast, so wie ich dich geliebt habe und so wie du mir verbunden warst.«

»Sie lächeln, Gus.«

Ja, Gus lächelte, weil er mit Prosp sprach und alles wieder einfach und schön war, und diesmal hatte er Buchanan verstanden, denn seine Stimme klang jetzt nicht mehr so wie der Wind.

»Kommen Sie mit mir zurück. Prosp wäre heute zu alt, um noch zu leben. Er wäre jetzt ungefähr achtzehn Jahre alt. Kein Riesenalk hat jemals so lange gelebt.«

Aber das wusste Gus doch, er wusste, dass Prosp tot war, er war ja bei ihm am Strand und tröstete ihn, genauso wie er ihn getröstet hätte, wenn er hier bei ihm gestrandet wäre. In Wirklichkeit war Gus derjenige, der einsam war, der einzige, letzte Mensch, der ihn noch gesehen hatte, Prosp, diesen Vertreter einer Linie von Fabeltieren, diese eierlegende Robbe, diese Seekrähe, diese Anomalie, die so viel schöner war als das Schnabeltier: den einzigen Vogel-Fisch der nördlichen Hemisphäre.

Gus wusste nicht, warum er Buchanans Gesuch Folge leistete, doch er stand auf. Er hatte Buchanan noch etwas zu sagen.

»Schauen Sie …« Schon diese beiden Worte hatten ihn Kraft gekostet. »Schauen Sie, da ist nichts mehr.« Er deutete in die Ferne. Eigentlich wollte er hinzufügen: »Da sind keine Riesenalken mehr.« Doch stattdessen sagte er, auch wenn es pathetisch klang: »Es gibt nur noch tote Tiere, und auch wir sind so gut wie tot.«

Seine Verachtung für Buchanan hinderte ihn daran weiterzusprechen. Ja, er verachtete Buchanan, und trotzdem ging er nun neben ihm her, denn er wusste, dass Buchanan ihm nichts Böses wollte, dass er ihn in gewisser Weise lieb hatte. Er spürte die beruhigende, schützende Wärme des Mitleids, das er auslöste, und gleichzeitig verachtete er Buchanan, denn der Mann hatte nichts verstanden. Wäre die Erde eine Scheibe gewesen, würde sie gerade kippen wie ein Teller, dessen gesamter Inhalt ins Leere rutschte, und dieser Schotte spazierte einfach weiter, als wäre nichts geschehen. Er sprach mit Gus wie mit einem Haustier, das man schätzte und mochte, einem treuen Hund, den man mit einem Pfiff auffordern konnte, sich ein bisschen zu beeilen. Gus hatte nie ein Haustier, sondern einen Gefährten gehabt, er war nie ein Herrchen, sondern ein Freund gewesen. Doch er folgte Buchanan weiter und stieg mit ihm in das Beiboot.

Nun gut, wenn es Buchanan Freude machte, zu glauben, dass Gus auf ihn hörte, sollte es ihm recht sein. Der Teller war weiter gekippt und stand jetzt senkrecht wie ein Gong. Im Beiboot saßen Buchanan, die rudernden Matrosen und er, Gus, der mit einem Mal merkte, dass er ins Leere fiel, an seiner Seite ein irregeleiteter Baobab und Prosp, die beide mit ihm in die Tiefe glitten. Plötzlich hatte sich Prosp strampelnd in Elinborgs Röcken verfangen – wo kam sie nur her?, fragte sich Gus –, während Elinborg mit Augustines langem Haar kämpfte, in das sie verstrickt war, und Ottarr sich mit einer Hand an Augustines Mantel klammerte und mit der anderen am Hals des Riesenalks festhielt, der sich noch nicht aus Elinborgs Röcken befreit hatte, und so bildeten sie einen taumelnden Reigen, hinter dem Gus aus der Ferne nun auch noch Mrs Bridge auftauchen sah, die Kleider in größter Unordnung, der Unterrock über ihren Schultern flatternd, die Haube verrutscht. In diesem Moment flog Gus' Schal davon, er versuchte, ihn einzufangen, doch als der Schal im Baobab landete oder auf einer bis dahin verborgenen Kathedrale, gab er es auf.

In weiter Ferne hatte Ottarr inzwischen den Hals des Riesenalks losgelassen, und Prosp trat mit seinen Füßen ins Leere, als wäre da Sand, sein Körper nach links und nach rechts schaukelnd wie immer. Gus streckte die Hand nach ihm aus, rief nach ihm, aber Prosp hörte ihn nicht, und alle rutschten weiter, der Riesenalk unbeholfen, torkelnd, die anderen so schnell, als hätten sie Flügel, aber was hätten ihnen Flügel denn genützt? Es war ein Sturz in schwindelnde Tiefe, ein Sturz ins Nichts: die Welt nach Prosp, dachte Gus.

Und damit kletterte er, von Buchanan gestützt, an Bord des Schiffes.

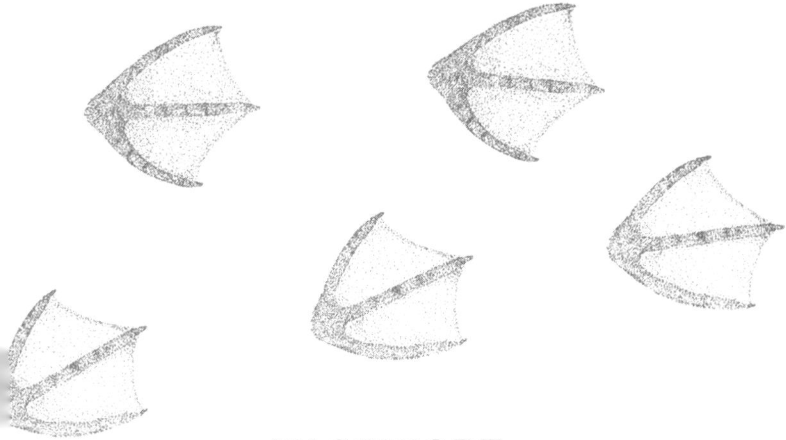

NACHWORT DER AUTORIN

Über die Freundschaft zwischen einem Mann und einem Riesenalk gibt es keinen historischen Bericht, der uns überliefert wäre. Dafür konnte ich, als ich mir die Geschichte von Gus und Prosp vorzustellen versuchte, auf eine umfangreiche Dokumentation über diese offiziell im Jahr 1844 ausgestorbene Spezies zurückgreifen. Auch wenn die Geschichte des Riesenalks sehr viel weiter in die Vergangenheit reicht – uns Menschen war er zum Zeitpunkt seines Verschwindens seit mindestens zwanzigtausend Jahren bekannt: Zu den Meisterwerken der Höhlenmalereien, die in der Henri-Cosquer-Höhle in der Nähe von Marseille entdeckt wurden, gehören drei Abbildungen des Riesenalks, der ein Cousin des heute noch auf der Nordhalbkugel lebenden Tordalks war. Mit den

Pinguinen der Südhalbkugel war der Riesenalk, um es noch einmal zu sagen, nicht verwandt, auch wenn er mit seinen achtzig Zentimetern ungefähr die Größe eines Königspinguins hatte.

Hier nun also meine Hommage an einige Bücher, ohne die ich *Der Letzte seiner Art* niemals hätte schreiben können: als Erstes das Buch *Grand Pingouin* von Henri Gourdin (Actes Sud, 2008), das auch meine erste Lektüre war und auf das ich immer wieder zurückgegriffen habe. Henri Gourdin hat außerdem eine schöne, äußerst empfehlenswerte Biografie über Jean-Jacques Audubon geschrieben, den in meinem Roman erwähnten Naturforscher des 19. Jahrhunderts. Das Buch mit dem Titel *Du temps où les pingouins étaient nombreux ...* ist im Frühjahr 2022 im Verlag Le Pommier erschienen, als ich gerade meine Druckfahnen las. Wichtig war für mich auch das Buch *Lettre au dernier grand pingouin* von Jean-Luc Porquet (Verticales, 2016), eine Reflexion über den Verlust an Erfahrungen, der mit jeder aussterbenden Art einhergeht.

Das Buch *Who Killed the Great Auk?* von Jeremy Gaskell (Oxford University Press, 2001) hat mich auf die Existenz von William Proctor aufmerksam gemacht, jenen Mann, der glaubte, dass der Riesenalk schon 1837 ausgestorben sei. Trotz seines Irrtums machte er eine Erfahrung, die ich auf Gus übertragen habe: Er entdeckte eine Realität, die sich noch nicht begreifen ließ, weil die Theorien, Ideen und Denkweisen der Zeit, in der er lebte, es nicht ermöglichten. Proctor – und somit auch Gus – nahm also intuitiv die Realität wahr, mit der wir heute leben, in einer Zeit, da den meisten Spezialisten zufolge das sechste große Massensterben begonnen hat.

Wer nachvollziehen möchte, wie schwierig es in den Jahren zwischen 1835 und 1850 war, das Aussterben als solches überhaupt zu begreifen, sollte das Grundlagenbuch von Julien Delord lesen, *L'Extinction d'espèce. Histoire d'un concept & enjeux éthiques* (Publications scientifiques du Muséum, 2010). Zu dem Zeitpunkt, als Gus das Sterben auf Eldey erlebt, ist Darwin noch nicht von seiner Reise mit der Beagle zurückgekehrt, und *Die Entstehung der Arten* wird erst im Jahr 1859 erscheinen. Die Evolution als Idee existiert für Gus und seine Zeitgenossen nicht. Ihr Blick auf die Geschichte der Welt hat nichts mit dem zu tun, was heute für uns eine Selbstverständlichkeit ist. Die Diskussion, ob Arten aussterben können, findet zu diesem Zeitpunkt nur in der Paläontologie statt, wo diese Idee schon seit Ende des 18. Jahrhunderts, als die Knochen eines Mammuts entdeckt wurden, Erfolge feiert.

Der Dodo, der ja als Emblem des Artensterbens gilt – im Pariser Naturkundemuseum begrüßt er uns am Eingang der Abteilung ausgestorbener Tierarten, zu der auch ein ausgestopfter Riesenalk gehört –, wurde 1848 durch den Ornithologen Hugh Edwin Strickland und sein Buch *The Dodo and its Kindred* bekannt, als sich Gus' Abenteuer bereits dem Ende näherte. Aber erst Lewis Carroll machte ihn 1865 mit der Veröffentlichung von *Alice im Wunderland*, worin der Dodo bekanntermaßen eine wichtige Rolle spielt, weltberühmt.

Über den Dodo kann man »The Dodo« lesen, einen Artikel von William Broderip, erschienen 1852 in *The Literary Gazette, and Journal of Belles Lettres, Sciences and Arts*, oder den neueren Aufsatz von Anthony S. Cheke und Samuel T. Turvey, »Dead as a Dodo: The fortuitous rise to fame of an extinction icon«, *Historical Biology*, vol. 20, no. 2, 2008), oder aber das Buch *Return of the crazy Bird: The Sad Strange Tale of the Dodo* von Clara Pinto-Correia (Copernicus Books, 2003).

Bei meinen Beschreibungen der Färöer zur Zeit von Gus' Aufenthalt habe ich mich von einem hinreißenden Artikel des Schriftstellers und Übersetzers Xavier Marmier in *La Revue des deux mondes* aus dem Jahr 1839 inspirieren lassen. In diesem Text bin ich unter anderem auf die tiefgründigen, wahrscheinlich hypnotischen Gesänge der Färinger gestoßen. Was die Episode um die Kinderportraits von Augustine und Ottarr betrifft, habe ich der Ausstellung »L'Âge d'or de la peinture danoise« im Pariser Petit Palais, 2020–2021, wie auch dem dazu im Verlag Paris Musées erschienenen Katalog viel zu verdanken.

Um alle Bücher über das Verhalten, die Gefühle und Gedanken von Tieren zu nennen, die mich beeindruckt haben, müsste dieses kleine Nachwort sehr viel umfangreicher sein. Nicht unerwähnt lassen kann ich allerdings die Arbeiten von Carl Safina, insbesondere *Die Intelligenz der Tiere. Wie Tiere fühlen und denken* (C.H. Beck 2017), und die des Soziologen Dominique Guillo, *Des chiens et des humains* (Le Pommier, 2009) oder *Les Fondements oubliés de la culture* (Le Seuil, 2019). Seine Idee einer »gegenseitigen Angleichung der Unterschiede« ist, wie ich finde, ein wunderbares Instrument, um zu beschreiben, was zwischen Menschen und Tieren passiert.

Letzten Endes würde es diesen Roman vermutlich nicht geben, wenn ich nicht das Glück gehabt hätte, als Verlegerin die französische Ausgabe von *Der Papagei, dem ich gehörte* zu betreuen, ein Buch der großartigen Ornithologin Joanna Burger. Ein Dankeschön an sie und an Tiko, der ihr Freund war.

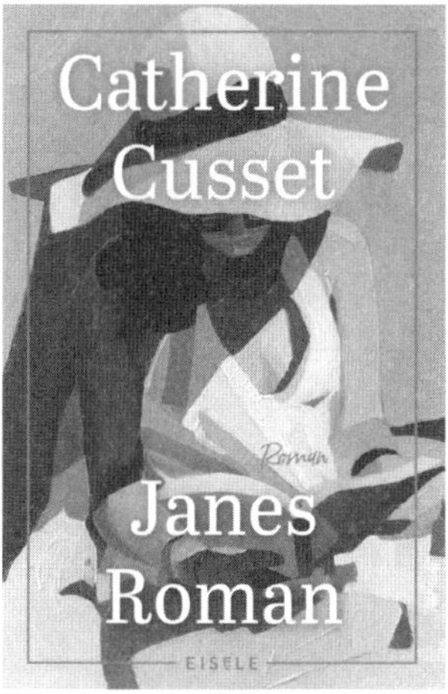
Catherine
Cusset
Roman
Janes
Roman
EISELE